참선 매뉴얼

키미앤일이 그림 ― 구미화 옮김

테오도르 준 박 지음

참선

Seon
Meditation
Manual

매뉴얼

언제 어디서나―
건강한 마음과 행복한 삶을 위한
매일의 트레이닝

나무의마음

참선을 배우고 싶은 모든 이들에게
이 책을 바칩니다.

이 뭣 고 ?

"이 뭣고?"

지금부터 소개할 내용은 참선을 이야기할 때 가장 중요한 부분이라고 볼 수 있다. 『참선』(1권과 2권)에서 우리 삶을 획기적으로 변화시키기 위해 참선이 어떤 도움을 줄 수 있는지 설명했다면, 이 책 『참선 매뉴얼』은 현실의 다양한 상황에 참선을 어떻게 적용해야 하는지 구체적으로 설명하기 때문이다.

참선 수행에서 가장 중요한 것은 언제 어디서나 "이뭣고?"라고 물으며 화두를 던지고 대의심大疑心을 일으키는 것이다.

"이뭣고?"는 "이것은 무엇인가?"의 경상도 사투리다. "이것은 무엇인가?"라는 문장 대신 "이뭣고?"를 사용하는 이유는 세 음절로 짧아 숨을 내쉬는 동안 마음속으로 말하기가 쉬워서다.

우리가 "이뭣고?" 화두를 던지면서 대의심에 들어가면 우리에게 이로운 생리적 · 심리적 변화가 일어난다. 근육의 긴장이 풀리고, 혈압이 낮아지며, 혈액 순환이 더 잘된다. 꾸준히 연습하면 소화 기능도 더 좋아지고, 잠을 잘 때 수면 패턴이 보다 안정적으로 바뀌어 회복력이 높아진다.

나아가 불안과 우울, 만성적 분노와 같은 증상을 누그러뜨리는 데 도움이 된다. 물론 전문적인 치료가 필요한 단계에서는 참선에만 의지해선 안 되겠지만 말이다. 또한 참선을 계속하다 보면 임상

심리학자들이 '편안한 각성 상태'라고 부르는 정신 상태에 이를 수 있다. 이 단계는 몸과 마음이 편안하게 이완되고 정신적으로는 날카롭게 깨어 있어 학습 능력과 문제 해결 능력, 의사 결정 능력에 가장 이상적이라고 알려져 있다.

선불교의 전통적인 표현에 따르면 이를 '일체처일체시一切處一切時, 행주좌와 어묵동정行住坐臥 語默動靜'이라고 하는데, '걷거나 서 있거나 앉아 있거나 누워 있을 때도, 말하거나 침묵하거나 움직이거나 가만히 있을 때도' 참선할 수 있다는 의미이다. 다시 말하면 "이뭣고?" 화두를 던지고 대의심을 일으키는 것이 우리의 기본적인 마음 상태여야 한다는 뜻이다. 그런데 참선을 어렵다고 생각하는 이유가 바로 여기에 있다. 복잡한 임무를 처리하거나 심신이 불편할 때도 늘 참선 상태를 유지해야 하기 때문이다.

초보 수행자가 배워야 할 첫 번째 단계는 걷거나 서 있거나 앉아 있거나 누워 있는, 네 가지 가장 기본적인 행동을 하면서 참선을 하는 것이다. 행주좌와, 이 네 가지 자세로 참선하는 법을 알면 수시로 변하는 현대사회의 여러 곤란한 상황에서도 방석이나 의자 없이 참선하는 것이 가능하다.
따라서 이 책은 네 가지 자세로 참선하는 법을 소개하는 것으로 시작해 학교와 직장 등 사회생활에서 흔히 겪는 힘든 상황에서 참선을 활용하는 특별한 방법을 소개한다. 이를테면 학교에서 시험을 볼 때, 혹은 회사에서 중요한 발표를 앞두고 있거나 발표한 직후, 심지어 발표하는 도중에도 참선으로 마음을 안정시키는 법을 알려준다.

　네 가지 자세로 참선하는 법을 습득하여 현실에서 참선을 활용할 수 있게 되면 참선 수행이 생활의 기본이 되도록 하루 일과에 반영할 수 있다. 다시 말해 일상에 참선이 녹아들도록 구조화하는 법을 배울 수 있다.

　이 책을 쭉 훑어보고 자신의 상황과 가장 잘 맞는다고 느끼는 부분부터 읽어도 좋다. 물론 처음부터 순서대로 읽으면서 단계적으로 실행하면 생활 속에서 참선을 효과적으로 실천할 수 있다.

　아무쪼록 참선을 일상생활에 포함시킴으로써 찾아온 그 변화가 여러분에게 도움이 되기를, 그 노력에 행운이 따르기를 바란다.

테오도르 준 박

Theodore J. Park

1부

참선,
행복으로 가는
새로운 공식

1

참선에
들어가기
전에

우리는 살아가면서 다양한 형태의 정신적 고통을 겪는다. 그런데 참선을 활용하면 그 고통에서 벗어나는 능력을 키울 수 있다. 이 점만으로도 참선은 누구에게나 유용하다.

참선은 고통이 일어나는 순간에 그 즉시 고통을 없애주는 '실시간 자기 조절 시스템'을 제공한다. 따라서 참선하는 방법을 알면 자신의 몸과 호흡, 생각과 감정을 다룰 수 있게 되면서 화가 나거나 두렵거나 상처받거나 충격을 받아도 바로 그 순간 자기 치유와 회복 시스템을 가동해 능률적이면서도 효과적으로 신속하게 대응할 수 있다.

그런데 나는 참선을 삶에 적용하는 법을 배우고 이해하기까지 오랜 시간이 걸렸다. 새로운 언어를 배우고, 낯선 문화에 적응하고, 전문 용어로 쓰인 옛 가르침을 해독하고, 종교 교리에 등장하는 사실과 허구를 구분해야 했기 때문이다. 그러다 보니 수없이 많은 시행착오를 거쳐야 했다.

여러분은 나와 같은 혼돈의 과정을 거치지 않고 이해하기 쉽고 효율적인 방법으로 참선을 배우고, 참선의 혜택을 경험하기 바란다. 이 책에 나오는 내용을 적용한다면 내가 20여 년에 걸쳐 배운 참선법을 매우 빠르게 익힐 수 있을 것이다.

참선의 핵심

참선은 생각과 감정을 실시간으로 조절하는 힘이 있다. 그리고 언제 어디서나 할 수 있다는 게 참선의 가장 큰 장점이다. 참선의 핵심은 우리의 의식을 화두話頭에 집중하는 것이다. 화두는 인생에서 가장 중요한 질문을 뜻한다. 그 화두란 바로 "이뭣고?"이다.

여기서 "이뭣고?"란 "이것이 무엇인가?"라는 뜻이다. 내가 몸을 움직일 때 움직이도록 지시하는 이것이 무엇인가? 내가 생각할 때 생각을 일으키는 이것이 무엇인가? 내 안에서 일어나는 감정들을 느끼는 이것이 무엇인가? 누군가 내 이름을 부를 때, 내 이름을 부르는 그 소리를 인식하고 누가 나를 불렀는지 확인하는 내 안의 이것이 무엇인가? "이것이 무엇인가?"라고 묻는 이것은 무엇인가? 나는 누구인가?

우리가 정말 어떤 존재인지 스스로에게 화두를 던짐으로써 정신적 시선을 내면으로 돌려 그 근원으로 향하게 하는 것이다. 선불교에서는 이것을 '빛을 돌이켜 거꾸로 비춘다'는 뜻의 회광반조回光返照'라고 표현한다. 시선을 내면으로 돌려 자기 자신을 본다는 뜻이다.

최대한 진지하게 "이뭣고?"라고 스스로에게 물을 때 우리는 대의심 상태로 들어가게 된다. 마치 열쇠를 어디에 두었는지 생각나지 않아 계속 찾는 느낌이다. '열쇠가 어디 갔지? 열쇠를 어디에 뒀더라?' 하며 알 수 없는 것을 알려 하고 볼 수 없는 것을 보려 하니 뭔가에 꽉 막힌 느낌이 든다. 자신의 진정한 모습이 보이지 않는다. 이렇게 가로막힌 느낌, 스스로에 대해 알고 싶지만 알 수 없는 느낌이 바로 대의심이다. 이것이 참선의 핵심이다.

참선의 네 가지 혜택

실제로 참선을 해보면 종교나 문화적 배경에 상관없이 누구나 참선을 할 수 있다는 걸 알 수 있다.

그리고 "이뭣고?"를 통해 대의심을 키우면 심리적인 문제들이 치유될 뿐 아니라, 사회생활에도 큰 도움을 받을 수 있다. 참선으로 얻는 혜택은 참선의 발달 단계 혹은 발달 정도에 따라 네 가지로 나타난다.

❶ 마음이 괴로울 때 적용할 수 있는 실시간 대처법
❷ 심리적 치유
❸ 개인의 성장과 성취
❹ 자기 변혁

이 네 가지 유형의 혜택을 하나씩 살펴보자.

흔히 참선을 생각하면 조용한 장소에서 꼼짝하지 않고 앉아 있는 모습을 떠올린다. 특별한 시간에 특별한 장소에서 행하는 것으로 여기고, 명상 센터나 수련회, 혹은 절에서 하는 것이라고 생각한다. 그러나 참선을 할 때 반드시 조용한 장소가 필요한 건 아니다. 특별한 음악이나 영상, 심지어 참선용 방석을 갖춰야 할 필요도 없다. 또 어디에서나 참선을 할 수 있다. 집, 사무실, 교실, 버스 정류장, 지하철에서도 할 수 있다. 운전을 하거나 설거지 중이거나 혹은 사람 많은 길거리를 걷거나, 심지어 움직이고 있을 때도 참선을 할 수 있다.

참선의 첫 번째 혜택은 마음이 괴로울 때 실시간으로 대처하는 방법을 습득할 수 있다는 것이다. 마음의 평정을 잃고 마음이 속상할 때 참선을 이용해 고통으로부터 자신을 보호할 수 있다. 꾸준하게 훈련하면, 단 1분 안에 고통스럽고 혼란한 상태에서 평온하고 자신감 있는 상태로 바꿀 수 있다. 나중에는 몇 초 안에도 그렇게 할 수 있을 것이다.

매우 화가 나거나 겁이 나거나 마음이 아픈 바로 그 순간에 참선을 하면, 부정적인 감정이 주는 고통으로부터 스스로를 구제할 수 있다. 고통이 당연한 것이 아니라 선택할 수 있는 것임을 알게 된다. 참선을 통해 정신과 육체를 스스로 통제하는 올바른 방법을 알

면, 정서적으로 괴로운 바로 그 순간에 고통을 멈추고 다시 평화롭고 고요한 상태로 돌아올 수 있다. 이 첫 번째 혜택만으로도 참선은 배울 만한 가치가 있다.

두 번째 혜택은 심리적 치유이다. 집에서 규칙적으로 참선에 집중하면 대의심이 일어나면서 지친 몸과 마음이 깨끗이 정화되고 회복된다. 그뿐 아니라 깊이 묻혀 있어 평소에 의식하지 못했던 부정적인 생각과 감정, 기억까지도 태워 없애준다. 그러면 마음이 가벼워지고 자신감이 생기며, 희망이 생겨 자신도 모르게 얼굴에 미소를 머금거나 웃게 된다. 주변 사람들이 그 변화를 알아채고 무슨 좋은 일이 생겼는지 물을 정도로 말이다.

　세 번째 혜택은 업무 성과를 높이고 내면의 성장에 도움을 준다는 것이다. 참선은 문제 해결 능력과 의사 결정 능력, 심지어 창의력까지도 높여준다. 또한 감정을 조절하는 힘이 생겨서 인간관계가 원만해지고 이해심이 깊어진다. 경쟁이 심하고 예측할 수 없어 불안한 사회 환경에서 차분하게 대처하는 법도 배우게 된다.

　참선을 하면 업무에서 좋은 성과를 내고 사람을 대하는 기술이 향상되는 것 외에도 새로운 차원의 성숙함과 지혜가 발달하기 시작한다. 경쟁적인 상황에서도 서로에게 이롭고 조화를 이룰 수 있는 해결책을 찾고, 모든 공을 혼자 차지하려 하지 않으며, 다른 사람의 실패까지도 함께 책임지려 한다. 돈을 쓸 때에도 다른 사람들에게 과시할 목적으로 화려하고 유행에 민감하고 일시적인 것을 소비하기보다 장기적으로 실용적인 가치가 있는, 정말로 필요한 것에 집중하게 된다. 사랑하는 사람들을 대할 때에도 자신의 시각을 강요하지 않고 상대의 시선으로 세상을 바라보며 더 많이 공감하는 법을 천천히 배워나간다. 타인과 생각이 다르거나 심지어 그들이 탐탁지 않을 때조차도 존중하는 모습을 보이고 친절을 베푸는 법을 알게 된다.

이렇게 점점 성숙해진다는 것은 우리 마음에 지혜가 싹튼다는 신호이다. 세상은 끝없이 변한다는 것을 알게 되니 원하는 것을 좇으려 안달하거나 집착하지 않고, 내가 가진 것으로 세상에 어떻게 기여할까를 생각하기 시작한다. 인생의 매 순간이 얼마나 소중한지 알기에 아무리 사소해 보이는 일에도 진심을 담게 된다. 동시에 어떤 일에도 집착하지 않고 차분하게 객관성을 유지하면서 잘 대처할 수 있게 된다.

마지막 혜택은 자기 변혁이다. 장기간 집중적으로 참선을 하면 우리가 원래 갖고 있던 인식과 의식의 한계를 넘어서기 시작한다.

세상을 경험하는 방식이 미묘하지만 깊숙이 변화한다. 대부분의 사람들이 '세상'이라고 여기는 것이 실은 우리가 상상하는 것보다 훨씬 거대하고 놀라울 만큼 다양한 차원을 지닌, 현실의 한 측면일 뿐이라고 인식하게 된다. 그뿐 아니라 물질적 형태와 현상이라는 자못 거대해 보이는 영역 이면에 무한하고 영원하며 변치 않는 뭔가가 존재한다는 것을 직감한다. 인식과 의식의 이러한 변화는 우리가 삶을 이해하고 살아가는 방식을 완전히 변화시킨다.

참선의 두 날개
정중선과 요중선

앞에서 소개한 네 가지 혜택을 얻으려면 어떤 방식으로 참선을 해야 할까? 바로 정중선靜中禪과 요중선搖中禪이라는 두 가지 참선법으로 수행을 한다면 우리가 살면서 맞닥뜨리는 거의 모든 상황에 대처할 수 있다.

정중선은 조용히 앉아서 하는 참선이다. 보통 참선이라고 하면 떠올리는 이미지가 바로 정중선이다. 결가부좌로 앉아 '복식 호흡'을 하면서 스스로에게 "이뭣고?" 화두를 던지는 데 집중하며 대의심을 일으키는 전통적인 방법이다.

하지만 이것이 참선을 하는 유일한 방법은 아니다. 만약 참선을 하는 방법이 이렇게 다소 어려운 자세로 앉아서 하는 것뿐이라면 우리가 일상에서, 그러니까 집이나 직장, 길거리, 학교, 상점에서 문제에 부딪혔을 때에는 참선을 거의 활용할 수가 없다.

그래서 움직이면서 참선하는 요중선을 배우는 것이다. 처음에는 걸으면서 참선하는 것으로 시작해 책상 앞에 앉아 일할 때, 상점에서 줄을 서서 기다릴 때, 빨래를 개거나 방을 청소할 때처럼 단순한 일을 하는 동안에도 참선을 할 수 있게 되는 것을 의미한다. 나중에는 운전이나 컴퓨터 작업처럼 복잡한 일을 할 때, 심지어 연설

책상 앞에 앉아 일할 때

운동할 때

설거지할 때

목욕할 때

이나 프레젠테이션을 하면서도 참선하는 법을 배울 수 있다.

　참선 실전편이라 할 수 있는 이 책은, 정중선과 요중선이라는 두 가지 방법으로 누구나 참선을 일상화함으로써 앞서 언급한 참선의 네 가지 혜택을 누리게 하는 데 목적이 있다. 따라서 현대인들이 일상에서 취하는 다양한 자세에서 참선을 하는 데 필요한 정신적·육체적 기술을 습득하도록 도와줄 것이다. 또한 모든 상황에서 참선을 할 수 있도록 각자의 시간과 공간을 체계적으로 준비하는 법도 알려줄 것이다. 이를 위해 먼저 참선하는 법을 배운 다음 일상에 두루 적용할 수 있도록 탄력적인 일과표를 만들어볼 것이다. 마지막으로, 참선을 처음 시도하는 사람들이 흔히 겪는 어려움과 그것을 극복하는 방법에 대해 이야기할 것이다.

　이 책은 이론서가 아니기 때문에 철학이나 교리, 역사에 대해서는 논하지 않는다. 그 대신 가이드북으로서 가능한 한 쉽고 빠르게 참선을 배워 일상에 적용할 수 있도록 도움을 주기 위한 실용적인 내용을 소개한다.

　여기서 반드시 기억해야 할 점은, 참선이 주는 모든 혜택을 누리기 위해서는 정중선과 요중선을 병행해야 한다는 것이다. 한 가지에만 너무 집중하면 오히려 더 힘들고 발전이 더디다. 보통 앉아서 하는 참선(좌선)에만 집중하는 사람들이 많은데, 그것이 한 번에 몇 시간씩 꼼짝 않고 참선을 할 수 있을지는 몰라도 일어나 다시 일상으로 돌아가면 여전히 감정을 조절하거나 올바른 결정을 내리지 못해 힘들어한다. 현대사회를 살아가는 데 필요한 가장 기본적인 일들도 제대로 해내지 못한다.

반면에 어떤 사람들은 주로 스트레스에 대처하는 하나의 방법으로 참선을 이용할 뿐, 고요하게 앉아서 하는 참선은 별로 하지 않는다. 이런 경우 괴로운 상황에는 대처할 수 있지만, 인간적인 성장이나 의식의 혁명 같은 것은 경험하지 못한다. 크게 발전하지 못하고 늘 고만고만한 수준에 머물러 있다. 물론 이 정도로 만족하는 사람들도 있겠지만, 조금만 더 노력하면 참선은 물론이고 삶 자체를 더 풍요롭고 즐겁게 경험할 수 있는데도 그렇게 하지 않는 건 안타까운 일이다.

정중선과 요중선은 인생이라는 장거리 트레킹을 완주하는 데 필요한 건강한 두 다리 같은 것이다. 만약 다리를 다쳐서 불편하거나 너무 허약한 사람은 멀리 가지 못하고 같은 곳을 뱅뱅 돌기만 할 것이다. 열심히 하지만 진전이 없다. 따라서 정중선과 요중선을 모두 배워 일상에 적용해보기를 권한다.

2

좌선,
참선의
기본

기본 좌선 자세

흔히 '연화 자세'라고도 하는 전통 가부좌 자세는 참선 훈련에 가장 효과적이라고 알려져 있다. 하지만 대부분의 초보 수행자들에게는 이 자세가 어려울 수 있다. 아직은 가부좌 자세로 참선하는 것이 너무 힘들게 느껴진다면 바로 다음 장으로 넘어가 의자에 앉아서 참선하는 법부터 익혀도 괜찮다.

하지만 잠깐 시간을 내어 생각해보자. 인도와 중국, 한국의 옛 명상 수행자들은 왜 하나같이 이렇게 힘든 자세를 고집했을까? 왜 좀 더 쉬운 자세로 수행하지 않았을까?

인도와 중국에서 가장 먼저 명상을 시작했던 사람들은 인간의 심신에 우주의 비밀을 발견해낼 힘이 있다고 믿었다. 인간의 의식을 잘 갈고닦은 다음에 현실을 바라보면, 현미경처럼 세세하면서도 파노라마처럼 무한정 넓게 현실의 본모습을 똑바로 볼 수 있다고 믿었다. 다만 이런 놀라운 정신력을 발달시키려면 무엇보다 오랜 시간 한 가지 목표에 안정적으로, 흐트러짐 없이 강력하게 의식을 집중할 수 있어야 했다.

이렇게 초기 명상법을 개발하는 과정에서 수행자들은 아주 기본적인 의문을 품게 되었다. 한 번에 몇 시간씩 단 한 가지에 의식을 집중하려면 어떤 자세를 취해야 할까? 팔다리는 어떻게 해야 하지? 서 있어야 할까, 누워 있어야 할까?

　고대의 명상 수행자들은 각각의 자세마다 고유의 장점과 단점이 있다는 것을 발견했다. 예를 들어 선 자세로 명상을 할 때 좋은 점은 정신이 아주 초롱초롱해진다는 것이다. 게다가 척추가 완전히 수직으로 곧게 펴지는데, 이를 '각성 자세'라고 한다. 영장류 중에서도 인간은 위험을 감지했을 때나 정신을 바짝 차려야 할 때 등을 곧게 편다. 등을 곧게 편다는 것은 중추신경계가 방심하지 않는 상태가 되는 것이므로, 명상을 할 때 꼭 필요한 정신 상태와 정확히 일치한다. 따라서 똑바로 서서 척추를 곧게 펴는 것만으로도 정신 집중에 필요한 모든 능력을 끌어모을 수 있다.
　하지만 이렇게 서 있으면 신체적 안정감은 좀 떨어진다. 두 발바닥으로 온몸의 무게를 버텨야 하기 때문이다. 이 자세를 유지하다 보면 신체 에너지가 빨리 소모돼서 금세 피곤해지고, 다리가 아프고, 몸의 균형이 깨지기 쉽다. 그렇기 때문에 이 자세로 긴 시간 편안함을 유지하기는 어렵다. 이처럼 서 있는 자세는 신체적 안정감과 편안함을 주지 못하는 대신 정신을 바짝 차리고 집중할 수 있게 도와준다.
　그렇다면 그 대안으로 누워서 참선을 할 수도 있다. 누우면 몸의 안정감과 편안함을 최대로 누릴 수 있다. 몸 전체 넓이만큼 면적을 차지하고 몸무게를 지탱하기 때문에 안정감이 극대화된다. 이 자세를 계속 유지해도 신체 에너지가 많이 소모되지 않는다. 하지만 이렇게 누워 있으면 집중하기가 어렵다. 생각이 왔다 갔다 하고, 잠들기 쉽다. 결국 누운 자세는 몸이 안정적이고 편안한 대신 정신 집중이 잘 안 된다.

다음은 가부좌 자세이다. 양다리를 교차시켜 앉는 이 자세를 하면 양쪽 무릎뼈와 꼬리뼈를 세 꼭짓점으로 하는 비교적 넓은 삼각형 토대가 만들어진다. 이 자세는 상체를 안정적으로 지탱한다. 이 안정감을 바탕으로 근육의 긴장을 풀 수 있기 때문에 어느 정도 편안함을 누리면서 오랫동안 이 자세를 유지할 수 있다. 그와 동시에 척추를 곧게 편 상태여서 정신이 또렷하게 깨어 있을 수 있다.

결론적으로 앉은 자세는 누운 자세만큼 안정적이거나 편안하지는 않지만 그래도 안정적이고 편안하며 체력도 아낄 수 있다. 또한 척추를 곧게 편 상태여서 서 있을 때만큼 정신을 집중할 수 있다. 앉은 자세는 서 있는 자세와 누워 있는 자세의 장점을 모두 제공하면서 단점은 보완하는 셈이다.

하지만 가부좌로 참선을 하려면 자세에 익숙해지는 데 시간과 노력이 필요하다. 그러나 가부좌 자세로 참선하는 법을 완전히 터득하면, 평평한 곳이면 어디에서든 도전할 수 있다.

처음에는 가부좌 자세가 아주 힘들 수 있는데, 이 자세를 완전히 익히는 비결은 자신의 신체적 한계를 빨리 뛰어넘으려 하지 않는 것이다. 매일 꾸준히 연습하되 불편함을 느끼기 시작하면 휴식을 취해야 한다는 뜻이다. 다른 신체 단련과 마찬가지로 참선도 꾸준히 연습해야 실력이 향상된다. 처음엔 10분도 앉아 있기 힘들어하던 사람도 시간을 점점 늘려 가면서 참선을 하다 보면 오래지 않아 익숙해질 수 있다. 그렇게 계속 연습하면 한 번에 한 시간 내내 참선하는 것도 가능해진다.

좌선을 시작하기 전에 방석 준비하기

❶ 방석을 준비한다. 바닥에 아무것도 깔지 않고 가부좌 자세로 앉아 참선하는 것도 가능하지만 방석을 사용하면 훨씬 수월하다. 가부좌를 할 때 앉을 방석과 엉덩이를 받칠 뒷방석을 준비하자.

방석은 한 변의 길이가 1미터 정도 되는 사각형이면 된다. 딱딱한 바닥으로부터 우리 몸을 보호할 수 있을 정도의 두께여야 하는데, 균형을 잡기 힘들 정도로 너무 두껍고 푹신하면 안 된다. 집에 있는 도톰한 담요를 적당한 크기로 접어서 사용해도 된다.

❷ 방석과 담요를 맨바닥이나 카펫 위에 깐다. 그 위에 가부좌 자세로 앉았을 때 양쪽 무릎이 방석이나 담요 모서리 밖으로

튀어나오면 안 된다. 뒷방석은 엉덩이를 받치기 위한 용도이므로 대략 베개 사이즈 정도면 적당하다. 일본의 젠 명상 수행자들은 주로 둥근 방석을 사용하는데, 한국의 수행자들은 사각형 방석을 사용하는 것이 일반적이다. 작은 방석이나 담요 접은 것을 사용해도 된다. 뒷방석은 엉덩이를 대고 앉았을 때 골반이 무릎보다 확실히 높은 위치가 될 정도로 두꺼워야 한다. 그래야 등을 곧게 펴기가 수월하다.

❸ 뒷방석을 방석 뒤쪽에 놓는다. 그 위에 엉덩이를 대고 앉았을 때 방석에 다리를 놓을 공간이 있어야 한다. 몸의 어느 부분도 방석 밖으로 튀어나오면 안 된다. 경험상 뒷방석이 높을수록 허리에 가해지는 압력이 줄어든다. 하지만 무릎에 가해지는 압박은 더 커진다. 반면에 뒷방석이 낮을수록 허리에 가해지는 압력이 커지고 무릎에 실리는 무게는 줄어든다. 따라서 각자의 허리와 무릎 상태에 맞게 뒷방석의 높이를 조절해야 한다. 참고로 초보 수행자들은 대부분 뒷방석이 높은 것을 선호한다.

올바르게 앉는 자세

❶ 방석을 벽과 나란히 깔고 그 위에 뒷방석을 바르게 놓는다.

올바르게 앉는 법(좌선)

그리고 뒷방석 위에 앉아 벽을 바라본다.

❷ 왼쪽 다리를 굽혀 발꿈치를 가랑이 가까이에 놓는다. 이제 오른 다리를 굽혀 오른발을 왼쪽 허벅지 위에 올려놓는다. 그러면 오른쪽 발등이 왼쪽 허벅지 안쪽에 닿을 것이다. 이렇게 양다리를 교차해 앉는 것을 '반가부좌 자세'라고 한다. 만약에 몸이 아주 유연하다면 왼쪽 다리를 굽혀 왼쪽 발등이 오른쪽 허벅지 바깥쪽에 오게 하는 '연화 자세' 혹은 '결가부좌'를 할 수도 있다. 하지만 대부분의 현대인들은 반가부좌 자세를 취한다.

이상적인 자세는 양 무릎이 자연스럽게 방석에 닿는 것이다. 하지만 초보인 경우 한쪽 무릎이 텐트처럼 위로 삐죽 올라가 균형이 잘 안 맞는다고 느낄 때가 많다. 이런 경우 꾸준히 연습하면 몸이 적응할 것이라 믿으며 인내심을 갖고 현재의 한계를 받아들이자. 지금으로서는 뒷방석을 더 높이는 것이 조금이나마 도움이 될 것이다.

❸ 등을 곧게 펴서 척추가 어느 쪽으로도 기울거나 구부정하지 않고 완전히 꼿꼿하게 서도록 해야 한다.

❹ 턱을 안으로 살짝 당겨 머리의 정수리 부분이 천장을 향하고 척추가 최대한 수직으로 길게 뻗게 한다.

❺ 턱을 당긴 상태에서 시선은 자연스럽게 3미터 앞쪽 바닥을 응시한다.

❻ 어떤 한 지점이나 사물을 바라보지 않고 시야에 들어오는 모든 것들에 두루 초점을 맞추며 무심한 듯 '부드러운 눈길'로 앞쪽을 바라본다.

❼ 혀끝을 윗니 바로 뒤에 있는 입천장에 가볍게 댄다. 이렇게 혀를 구부린 상태로 있으면 어색할 수 있지만, 이런 자세가 목 근육을 안정시켜주며 몸의 기 혹은 에너지 흐름을 원활하게 해준다.

❽ 입을 살짝 다물고 이를 악물지 않는다.

❾ 오른손 손바닥이 위를 향한 상태에서 손의 가장자리를 치골 바로 위쪽 배에 살짝 댄다. 손바닥을 편 상태로 자연스럽게 둔다. 왼손도 마찬가지로 손바닥이 위를 향한 상태에서 오른손 위에 올려놓는다.

❿ 양손 엄지손가락 끝을 모아 우아한 무지개 모양을 만든다.

올바른 자세는 마음을 단련하는 여정의 첫 단계이다. 그다음 단계는 올바른 호흡법을 배우는 것이다. 앉아서 하는 참선과 호흡법을 본격적으로 배우기 전에 준비 호흡으로 정신을 맑게 하고 몸의 긴장을 푸는 것이 좋다.

호흡으로 몸과 마음 충전하기

몸과 마음이 밀접하게 연결되어 있다는 것을 가장 잘 보여주는 것이 바로 호흡이다. 호흡 기관은 우리 몸이 마음의 변화에 가장 먼저 반응한다는 것을 알려주는 신체 부위다.

가령 우울해지면 어떻게 되는가? 한숨을 쉰다. 호흡이 느려지고 불규칙해진다. 화가 나면 호흡이 어떻게 달라지는가? 심장이 빠르게 뛰기 시작하고 호흡도 가빠지고 거칠어진다. 또 두려움을 느끼면 호흡이 빠르고 얕아진다. 가슴과 폐의 가장 윗부분만 사용하기 때문이다.

이처럼 각각의 감정에 따라 고유의 호흡 패턴이 있다. 감정에 따라 호흡이 달라지는 것처럼 호흡법에 따라 감정이 바뀔 수도 있다. 따라서 호흡을 조절하는 법을 배우면 몸과 마음을 동시에 조절하는 법을 알게 되는 것이다.

1단계 준비 호흡 : 몸과 마음을 정화하고 차분하게 만들기

준비 호흡으로 참선을 매일 연습하는 것은 일종의 리허설과 같다. 음악가는 콘서트를 앞두고 리허설을 하고, 스포츠 선수들은 본경기 전에 연습 경기를 한다. 기업의 리더는 중요한 회의나 행사를 앞두고 실전처럼 연설과 발표를 해본다. 참선에도 같은 원리가 적용된다. 삶이 우리에게 교훈을 주기 위해 때때로 사용하는 충격 요

올바른 자세는 마음을 단련하기 위한 첫 단계

법에 대비해 계속 연습하고 리허설도 해보는 것이다.

준비 호흡은 세 가지 혜택을 준다.

첫째, 아주 힘차게 숨을 들이마심으로써 많은 양의 산소로 몸과 마음에 활력을 불어넣는다. 그다음 힘차게 숨을 내쉼으로써 심신의 독소와 노폐물을 최대한 배출해 몸과 마음을 상쾌하게 만든다.

둘째, 준비 호흡을 하면 현재에 집중하게 된다. 우리는 평소에 깨어 있지만 대부분 끊임없이 떠오르는 생각에 빠져 길을 잃는다. 그러나 정신은 한 번에 하나에만 집중할 수 있다. 따라서 간단한 호흡법에 집중하면 우리 의식은 자동적으로 공상에서 벗어나 호흡에 집중하게 된다.

마지막으로, 준비 호흡 과정에서 약간 불편하게 느껴질 때까지 호흡을 잠시 멈추면 우리 몸과 마음은 그것을 비상사태로 인식해 일종의 '재부팅' 반응을 일으킨다. 우리의 몸과 마음이 기존에 하던 일을 모두 멈추고 다시 시작할 준비를 하는 것이다. 중요한 것은 우리의 중추신경계도 예외가 아니라는 점이다. 다시 말하면, 우리가 스트레스로 인해 괴로울 때 호흡을 잠시 멈추면 몸과 마음이 균형을 되찾고 평정심을 회복해 위기에 대처할 준비를 한다.

다음과 같은 방법으로 준비 호흡을 시작해보자.

❶ 코로 가능한 한 깊이, 가슴을 완전히 채울 수 있을 정도로

깊이 숨을 들이마신다.

❷ 약간 불편하다고 느껴질 때까지 숨을 참는다.

❸ 이제 가능한 한 길게 입으로 숨을 내쉰다. 젖은 수건을 마지막 물 한 방울까지 쥐어짜는 것처럼 폐에 남은 공기를 완전히 비운다는 느낌으로 길게 숨을 내쉰다. 숨을 길게 내쉴 때 몸과 마음에 쌓여 있던 모든 독소와 노폐물, 긴장과 걱정, 스트레스, 짜증과 심란함 등을 전부 밖으로 내보낸다고 상상하자.

❹ 이렇게 코로 들이마시고 잠시 참았다 입으로 내쉬는 호흡을 세 번 반복한다. 준비 호흡을 세 번 한 뒤에는 곧바로 정식 참선에 들어간다.

준비 호흡은 몸과 마음을 상쾌하게 만드는 아주 간단한 방법이다. 스트레스가 많은 상황을 겪기 전과 겪은 후에 꼭 해보기를 추천한다. 준비 호흡 그 자체만으로도 부정적인 감정을 다스리는 데 매우 효과가 있다. 감정이 우리의 몸과 마음을 관통하는 에너지의 물결과 같다고 생각해보자. 밀려드는 파도를 억지로 누르거나 막으려고 해서는 물결을 가라앉힐 수 없다. 그런 방법은 또 다른 물결을 일으킬 뿐이다. 이럴 때에는 저항하지 말고 그냥 지나가게 두는 것이 올바른 대응책이다. 준비 호흡은 감정에 저항하지 않는 방법이다. 더욱이 매우 쉽고 따로 훈련할 필요가 없어서 초보자에게 유용하다.

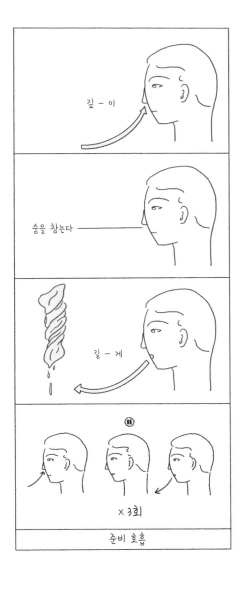

준비 호흡

준비 호흡을 세 번 하고 나면 정식으로 앉아서 참선을 시작할 준비가 된 것이다. 이제 참선에서 사용하는 주요 호흡법인 복식 호흡을 배워보자.

2단계 복식 호흡 : 머리는 맑아지고 마음은 평화롭게

올바른 자세를 취하고 준비 호흡까지 마쳤다면, 이제 복식 호흡에 들어가보자. 이것은 마치 공기가 아랫배까지 들어갔다 나오는 것처럼 숨을 깊이 들이쉬고 내쉬는 호흡의 한 형태이다. 다시 말하면 숨을 들이쉴 때에는 배가 부풀어 오르고 숨을 내쉴 때에는 배가 가라앉는 호흡법이다.

제대로 복식 호흡을 하면 가슴으로 숨을 들이쉴 때보다 훨씬 많은 양의 산소를 폐에 공급하고 날숨일 때에는 훨씬 많은 양의 노폐물과 독소를 배출한다. 또한 정신이 맑아지고 안정적인 상태가 되며, 안정감과 행복감을 느끼게 된다. 이런 상태는 참선에 유리할 뿐만 아니라 모든 형태의 학습 활동이나 상황 판단, 문제 해결, 의사 결정에도 도움이 된다.

다음과 같은 방법으로 복식 호흡을 시작해보자.

❶ 약 2~3초간 길고 부드럽게 코로 숨을 들이쉰다.
❷ 코로 숨을 들이쉴 때 마치 공기가 배에 채워지는 것처럼 아랫배를 천천히 내밀어보자.

❸ 들이마신 공기가 배꼽에서 6센티미터쯤 아래 지점까지 쭉 내려간다고 상상해보자. 이 지점을 옆에서 보면 아랫배 표면과 허리 아래쪽, 혹은 엉치뼈의 중간 지점이다. 한자로는 '단전丹田'이라고 하며, 피와 마찬가지로 온몸을 순환한다고 알려진 '기氣'라는 생명 에너지가 모이는 중요한 곳이다.

❹ 코로 숨을 들이쉬어 단전으로 공기를 보내면 마치 배 안에 들어 있는 작은 풍선에 천천히 공기가 차서 팽창하는 듯한 느낌이 들어야 한다.

❺ 배에 공기가 80퍼센트쯤 채워졌다고 느껴지면 그 상태로 2~3초간 숨을 참는다.

❻ 이제 숨을 들이쉴 때보다 더 길게 코로 숨을 내쉰다. 이때 아랫배를 안으로 끌어당긴다. 날숨은 약 3~4초 걸리는 것이 적당하다.

❼ 단전에서부터 공기가 빠져나간다는 느낌으로 숨을 내쉰다. 배꼽을 척추 쪽으로 끌어당기며 숨을 내쉬면 아랫배가 풍선의 바람이 빠지듯 쪼그라든다고 상상해보자.

복식 호흡을 할 때에는 다음과 같은 몇 가지 사항에 주의하자.

첫째, **턱을 안으로 당기고 있어야 한다**는 것을 기억하자. 많은 사람들이 집중하려 할 때 고개를 내미는 경향이 있다. 그러면 구부정한 자세가 되어 목과 어깨에 부담을 준다. 척추를 길고 우아하게

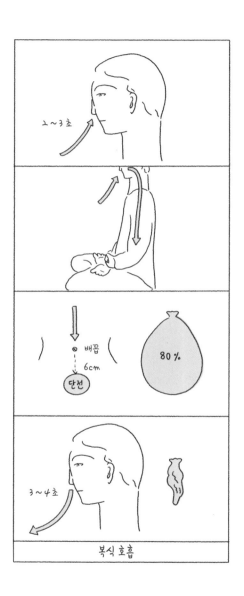

복식 호흡

뻗은 하나의 깃대라고 상상해보자. 그 깃대의 가장 높은 곳에 머리가 있고, 우리는 그 깃대가 어느 쪽으로도 기울거나 구부러지지 않게 해야 한다.

둘째, **복식 호흡을 하는 동안 가슴 윗부분과 어깨는 움직이지 않아야 한다.** 올바른 자세에서 복식 호흡을 제대로 하면 아랫배만 움직인다. 개구리 한 마리가 수련의 잎 위에 앉아 꼼짝하지 않은 채 호흡할 때마다 목 부위만 들썩들썩 움직이는 모습을 상상해보자.

셋째, **목과 어깨의 긴장을 풀어야 한다.** 등을 곧게 펴고 앉으려 할 때 어깨를 움츠리는 사람들이 많다. 마치 목과 어깨를 이용해 늘어진 척추를 들어 올리려는 것 같다. 앉을 때 완벽하게 곧은 자세가 잘 안 되더라도 목과 어깨의 긴장을 푸는 것이 중요하다. 앞에서 보면 양쪽 어깨가 아래로 향하는 우아한 곡선을 그리고, 그 중간에

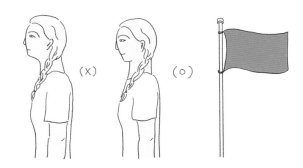

척추를 깃대처럼 곧게 뻗고, 턱은 내밀지 않고 안으로 당긴다.

43

서 목이 부드럽게 올라가야 한다.

넷째, **숨이 차면 복식 호흡을 멈춰야 한다.** 너무 긴장해서 그럴 가능성이 높으니 일단 몇 분 쉬고 나서 다시 시도해보는 것이 좋다.

다섯째, **음식을 먹고 난 직후에는 복식 호흡을 하지 않는 것이 좋다.** 과식을 했다면 최소한 2시간은 기다려야 한다. 배가 부른 상태에서 아랫배를 내밀었다 당기면 소화가 잘 안 될 수 있다. 하지만 부지런히 연습하면 나중에는 배가 부른 상태에서도 아주 천천히, 부드럽게 복식 호흡을 할 수 있다.

복식 호흡 연습하기

초보자에게 복식 호흡이 어색하게 느껴지는 것은 당연하다. 처음에 감을 잘 못 잡아도 실망할 필요는 없다. 평소에 자주 사용하지 않는 근육을 사용하는 것이어서 그렇다. 복식 호흡에 익숙해지도록 두 가지 연습 활동을 준비했다. 하나는 복식 호흡법을 배우는 데 도움이 되는 것이다. 다른 하나는 호흡이 자연스러워지도록 도와줄 뿐만 아니라 참선을 효과적으로 하는 데 꼭 필요한, 정신 집중에 도움이 되는 활동이다. 초보자라면 복식 호흡이 자연스러워질 때까지 이 두 가지를 꾸준히 연습하는 것이 좋다. 먼저 다음과 같이 책을 들어 올리며 연습하면 복식 호흡에 익숙해지는 데 도움이 된다.

❶ 바닥에 등을 대고 누워 양쪽 무릎을 세우고 발바닥은 바닥에 닿게 한다.

❷ 머리 밑에 작은 베개를 놓고 배 위에 두꺼운 책을 한 권 올린다.

❸ 이 상태에서 복식 호흡을 연습한다.

❹ 숨을 들이마시면서 배로 천천히 책을 들어 올린다. 이 자세에서는 들숨에서 책이 책이 올라가는지가 눈에 보이기 때문에 복식 호흡을 제대로 하고 있는지 알 수 있다.

❺ 중간에 호흡을 멈출 때에는 책을 들어 올린 상태로 가만히 기다린다.

❻ 이제 숨을 내쉬면서 배를 척추 쪽으로 끌어당겨 책을 아래로 내린다.

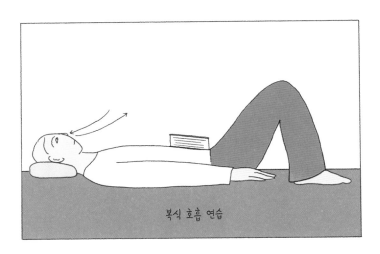

복식 호흡 연습

⑦ 책의 무게를 지탱하려면 배 근육을 더 많이 사용해야 하기 때문에 자연스럽게 어떤 근육을 어떻게 사용해야 할지 의식하게 된다.

복식 호흡에서는 호흡을 길고 천천히 부드럽게 해야 한다. 그렇다고 자연스러운 호흡 주기를 억지로 늘리려고 무리하면 안 된다. 편안하게 호흡하는 것이 중요하다. 숨을 들이쉬고 잠시 참는 시간은 동일하고, 내쉬는 시간이 좀 더 길어야 한다는 것만 기억하자.

수식관 : 복식 호흡을 하면서 수를 세는 명상법

복식 호흡을 하면서 수를 세는 명상, 즉 수식관數息觀은 전통적으로 초보 수행자들이 정신을 집중하는 방법을 배우고 자기 의지대로 몸의 긴장을 푸는 능력을 기르기 위해 사용하는 방법이다. 수식관을 하지 않으면 전통 선방에서 매일 평균 8~12시간씩 참선하는 일정을 버텨낼 방법이 없다.

수식관은 참선을 처음 시작하는 현대인들이 참선 훈련에 익숙해지는 데에도 큰 도움이 될 수 있다. 수식관을 오랫동안 꾸준히 연습하면 호흡 주기가 길어지고, 올바른 자세와 호흡법만으로도 놀랄 만큼 평화로움과 행복감을 느끼게 될 것이다.

❶ 참선을 위해 올바른 자세를 취하고 코로 길게, 약 2~3초간

부드럽게 숨을 들이마신다.

❷ 숨을 들이쉴 때 마치 공기가 배에 채워지는 것처럼 아랫배를 천천히 내밀어보자.

❸ 들이마신 공기가 배꼽에서 6센티미터쯤 아래 지점인 단전까지 쭉 내려간다고 상상해보자. 앞에서 설명한 바와 같이 이 지점을 옆에서 보면 아랫배 표면과 허리 아래쪽, 혹은 엉치뼈의 중간 지점이다. 코로 숨을 들이쉬어 단전으로 공기를 보내면 마치 배 안에 들어 있는 작은 풍선에 천천히 공기가 차서 팽창하는 듯한 느낌이 들어야 한다.

❹ 배에 공기가 80퍼센트쯤 채워졌다고 느껴지면 그 상태로 2~3초간 숨을 참는다.

❺ 이제 숨을 들이마실 때보다 더 길게 코로 숨을 내쉰다. 이때 아랫배를 안으로 끌어당긴다. 날숨은 약 3~4초 걸리는 것이 적당하다. 단전에서부터 공기가 빠져나간다는 느낌으로, 배꼽을 척추 쪽으로 끌어당기면서 아랫배에 들어 있는 풍선이 바람이 빠져 쪼그라든다고 상상한다.

❻ 날숨이 끝나면 '하나'를 센다.

❼ 다시 한 번 숨을 들이쉬고, 참고, 내뱉는 과정을 똑같이 반복한다. 날숨이 끝나면 '둘'을 센다. 이런 식으로 '열'을 셀 때까지 반복한다.

❽ 그다음 번 날숨이 끝나면 '아홉'이라고 말한다. 그렇게 날

숨이 끝날 때마다 거꾸로 수를 세어 다시 '하나'가 될 때까지 계속한다.

❾ 이렇게 1에서부터 10까지 세고, 10에서부터 1까지 거꾸로 센 다음, 다시 1에서부터 10까지 올라갔다 내려오는 방식으로 원하는 만큼 계속 반복한다.

❿ 다만 규칙이 하나 있다. 수식관을 일종의 게임으로 생각하고 잠시라도 숫자가 생각이 안 나거나 헷갈리면 무조건 다시 1부터 시작해야 한다.

처음에는 집중이 안 되고 머릿속에 잡생각이 가득해서 한 번에 10까지 세기도 힘들 것이다. 하지만 몸의 긴장을 풀고 머리를 맑게 하는 법을 배우면 10까지 셌다가 다시 거꾸로 내려오는 게 원하는 만큼 쉽게 될 것이다.

1부터 10까지 세고 다시 10부터 1까지 내려오는 것이 수월해지면 목표 숫자를 20까지 늘려보자. 20까지 세는 것도 쉬워지면 30까지 차근차근 숫자를 늘려보자. 정신력 강화 훈련으로 생각하면 좋다. 한 번에 셀 수 있는 숫자가 커지면 그만큼 정신력도 강화되었다는 의미이다. 보통 한 번에 100까지 세고 다시 거꾸로 내려올 수 있는 사람은 집중력이 강하고 심리적으로 매우 안정된 상태이므로 스스로 세운 목표는 무엇이든 다 이룰 수 있다고 이야기한다.

"이뭣고?" 화두에 정신을 집중하고
대의심을 일으키는 올바른 방법

❶ 복식 호흡으로 숨을 들이마신 다음 잠시 멈춘다.

❷ 숨을 내쉴 때 가장 진실하고 절박하게 속으로 "이뭣고?" 화두를 던지며 대의심을 일으킨다. 알 수 없는 것을 알려 하고 감지할 수 없는 것을 감지하고자 하는, 답답하고 꽉 막힌 기분을 느껴본다.

❸ 숨을 내쉴 때마다 "이뭣고?" 화두를 던지고 대의심을 일으킨다.

❹ 마음이 왔다 갔다 해도 걱정할 필요 없다. 다시 복식 호흡으로 돌아와 숨을 내쉬며 "이뭣고?" 화두를 던지고 대의심을 일으키면 된다.

　대부분의 현대인들은 집중하기 위해서는 '노력이 필요하고' '에너지가 소모된다'고 생각한다. 또한 '집중'과 '이완'이 반대 개념이라고 믿는다. 그러나 고대 인도와 중국, 한국의 수행자들은 집중이란 말을 더 세련되고 우아하게 이해했다. 그들은 올바른 집중이란 편안하게 이완된 신체와 차분한 마음이 조화를 이룬 상태라고 여겼다. 참선은 그 조화를 얻는 한 가지 방법이다.

3

좌선을 하기 어려울 때
의자에 앉아 참선하기

처음 참선을 시작하는 현대인에게는 가부좌 자세가 어렵다. 몸이 아주 유연한 사람이 아니라면 처음부터 이 자세를 제대로 따라 하는 것도 쉽지 않다. 지금껏 참선을 지도하며 가장 많이 들은 이야기도 이 자세가 정말이지 너무 어렵다는 것이다.

전통적인 가부좌 자세가 너무 어렵다고 느끼는 사람들에게는 대안이 몇 가지 있다. 요즘 사람들은 대부분 바닥에 앉기보다 의자에 앉는 일이 훨씬 더 많다. 그러니 방석에 앉아 참선하는 것에 더하여 의자에 앉아 참선하는 방법도 안다면 직장에서, 대중교통에서, 그리고 기타 다양한 상황에서 앉은 채 잠깐씩 참선을 할 수 있다.

나중에라도 가부좌 자세에 익숙해지고 싶다면 참선 시간을 둘로 나누는 것도 방법이다. 먼저 짧게 몇 분 동안만 방석에 앉아 가부좌로 참선을 한 다음 의자로 옮겨 앉아 조금 더 긴 시간 동안 참선을 계속하는 것이다. 시간이 지나면 차츰 의자에서 참선하는 시간을 줄이고 방석에서 참선하는 시간을 늘려나갈 수 있다. 그러다 결국에는 의자를 치워버리게 될 것이다. 의자에 앉아 참선할 때는 적당한 의자를 사용해야 한다.

적당한 의자 고르기

참선하는 의자는 단단하고 안정감 있는 것이 좋다. 바퀴 달린 의자, 엉덩이가 쏙 들어가는 폭신한 의자는 피한다. 충전재가 얇아 판판하고 단단한 의자가 이상적이다. 딱딱한 나무 바닥에 두툼한 모직 담요를 깔고 앉는 느낌 정도가 좋다. 그런 의자일 때 우리 몸을 최적의 상태로 지지하면서 안정감을 느낄 수 있다. 발이 바닥에 편평하게 닿고 무릎은 90도로 구부려지도록 의자의 높이를 조정한다. 이런 의자를 구할 수 없다면 가지고 있는 의자를 사용해도 된다. 중요한 것은 안정감과 의자의 높이라는 점만 명심하자. 그리고 양쪽 발바닥이 전체적으로 바닥에 닿아야 한다.

핵심은 언제나 안정감과 척추를 곧게 펴는 것이다. 자세가 안정적이면 자세를 유지하는 데 필요하지 않은 근육들이 편안하게 긴장을 풀 수 있다. 최소한의 근육을 뺀 나머지 모든 부분이 긴장을 풀 수 있으니 정신적으로 평온해진다. 집중적으로 참선 수행을 하고자 할 때를 대비해 에너지를 아껴두는 것이 중요하다.

나머지는 의자에서 하는 참선과 방석에 앉아서 하는 전통 참선이 거의 똑같다. 하지만 진지하게 참선에 임하는 사람이라면 의자에 앉아서 하는 참선의 장단점을 반드시 알아야 한다. 전통적인 좌선과 마찬가지로 의자에 앉아서 하는 참선에서도 올바른 자세와 올바른 호흡, 올바른 생각(정신 집중)이 가장 중요하다.

의자에 올바른 자세로 앉아 심신에 안정감 주기

❶ 의자에 앉을 때에는 상체를 등받이에 기대지 말고 의자 좌석 중앙에 엉덩이를 대고 허리를 곧게 편다.

❷ 두 발은 바닥에 붙이고 무릎이 직각이 되게 한 뒤 다리를 골반 넓이로 벌린다.

❸ 몸이 의자가 된 듯 발목과 무릎, 무릎과 상체가 모두 수직이 되게 한다.

❹ 등을 곧게 펴고 앉은 뒤, 양쪽 어깨를 귀까지 바짝 올렸다가 툭 떨어뜨린다.

❺ 이때 턱을 살짝 당겨 정수리가 천장을 향하게 하면 척추가 곧게 펴진다.

❻ 오른손을 펴서 손바닥 가장자리를 아랫배(단전)에 대고 그대로 편안하게 넓적다리 위로 내린 뒤, 그 위에 왼손을 얹고 양쪽 엄지를 맞대 둥근 무지개 모양을 만든다.

❼ 눈을 감지 말고 편안하게 뜬 상태로 정면을 바라보면 턱을 당겼기 때문에 시선이 전방 2~3미터 바닥으로 향할 것이다.

❽ 혀끝을 윗니 뒤쪽 입천장에 살짝 대고 몸의 긴장을 푼다.

단순해 보이지만 이 자세를 통해 근육을 통제하는 법을 배울 수 있다. 몸을 살피면서 바른 자세를 유지하기 위한 최소한의 근력만

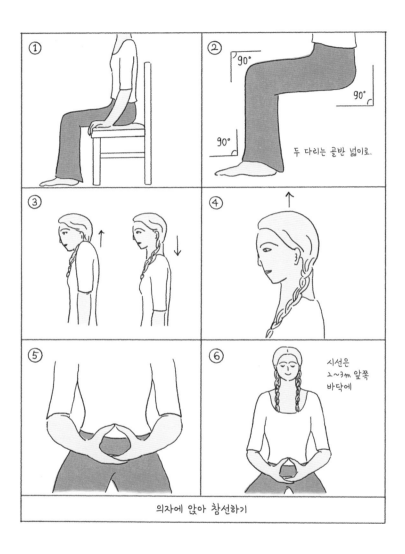

① ② 90° 90° 90° 두 다리는 골반 넓이로.

③ ④

⑤ ⑥ 시선은 2~3m 앞쪽 바닥에

의자에 앉아 참선하기

유지하고, 나머지 부분에서는 불필요한 긴장을 모두 풀고 가장 편안한 자세를 취한다.

감정 치유와 회복을 위한 호흡

준비 호흡

자세가 편안하게 느껴질 정도로 자리가 잡히면 참선의 두 번째 요소인 호흡을 시작한다. 본 호흡에 앞서 준비 호흡부터 해보자. 코로 숨을 들이마시고 잠시 멈추었다 입을 열면서 '후' 하고 몰아서 내쉰다. 한 번만 해도 몸의 느낌이 달라질 것이다. 다시 한 번 숨을 들이마시고 잠시 멈추었다 입을 열면서 '후' 하고 내쉰다.

다음은 준비 호흡의 두 번째 단계다. 이번에는 숨을 길고 고요하게 내쉬는 데 집중해보자. 들이마시고 멈췄다가 천천히 길게 내쉬면서 몸의 상쾌함을 느껴보자. 한 번 더 들이마시고 멈췄다가 천천히 길게 내쉰다.

앞으로 속상한 일이 있으면 지금 배운 것을 한번 시도해보기 바란다. 바른 자세를 잡고, 감정의 물결이 사그라질 때까지 준비 호흡만 해보는 것이다.

참선 초보자들은 보통 화나는 일을 겪고 곧바로 참선하는 것을 어려워한다. 실제로 분노나 두려움을 느끼는 상황에서는 차분히 앉아 정신을 집중하기가 어렵다. 실생활에서 준비 호흡이 필요한 것도 바로 이 때문이다. 준비 호흡은 훨씬 간단하다. 정신을 집중하는 동시에 신체의 긴장을 풀어야 하는 미묘한 균형에 대한 부담이 훨씬 덜하다.

준비 호흡으로 심리적 괴로움을 다스리고자 할 때 의자에 앉아서 하면 효과가 더 좋다. 보통 안 좋은 소식을 전할 때 상대방에게 "일단 앉아서 얘기합시다"라는 말을 하는 이유도 이와 관련 있다.

큰 충격을 받았을 때 무릎이 떨리는 경험을 해본 적이 있을 것이다. 그럴 때 우리는 본능적으로 앉고 싶어진다. 그리고 앉으면 푹신한 등받이에 기대고 싶어진다. 하지만 기대거나 축 처지는 자세는 바람직하지 않다. 척추가 휘고 어깨가 구부정해지기 때문이다. 이런 자세는 심리적으로 위축되고 호흡에 방해가 된다.

체계적이고 효과적인 방법으로 감정을 치유하고 싶다면 앞에서 설명했듯이 단단한 의자를 사용하는 것이 좋다. 다시 한 번 말하지만 뒤로 기대기보다는 척추를 수직으로 곧게 세워 올바른 참선 자세를 유지해야 한다. 그런 자세에서 준비 호흡을 이용해, 정서적으로 괴롭고 몸을 긴장시키는 감정의 파도에 휩쓸리지 않도록 스스로를 붙잡아야 한다.

의자에 앉아서 하는 복식 호흡

복식 호흡과 수식관은 의자에 앉아서 하는 것과 방석에 앉아서 하는 방법이 똑같다.

준비 호흡을 마치고 정서적으로 차분해지고 육체적으로 이완이 되면 참선의 주된 호흡법인 복식 호흡에 들어간다. 복식 호흡은 '횡격막 호흡' '복부 호흡' '단전 호흡'이라고도 한다. 복식 호흡을 제대로 하면 숨을 들이쉴 때 가슴으로 호흡할 때보다 훨씬 많은 양의 산소를 폐에 전달하고, 숨을 내쉴 때에는 훨씬 많은 양의 노폐물과 독소를 배출한다. 또한 맑고 안정적이고 차분하고 행복한 정신 상태가 된다. 이것은 참선뿐 아니라 모든 형태의 학습 활동과 상황 판단, 문제 해결, 의사 결정에도 도움이 된다.

❶ 단단한 의자 중앙에 앉아 허리를 펴고 올바른 참선 자세로 앉는다.

❷ 약 2~3초간 길고 부드럽게 코로 숨을 들이쉰다.

❸ 코로 숨을 들이쉴 때 마치 공기가 배에 채워지는 것처럼 아랫배를 천천히 내밀어보자.

❹ 들이마신 공기가 배꼽에서 6센티미터쯤 아래 단전까지 쭉 내려간다고 상상해보자.

❺ 코로 숨을 들이쉬어 단전으로 공기를 보내면 마치 배 안에 들어 있는 작은 풍선에 천천히 공기가 차서 팽창하는 듯한 느

낌이 들어야 한다.

❻ 배에 공기가 80퍼센트쯤 채워졌다고 느껴지면 그 상태로 2~3초간 숨을 참는다.

❼ 이제 코로 숨을 내쉬며 스스로를 향해 "이뭣고?" 하고 물으며 대의심을 일으킨다. 날숨은 들숨보다 길어야 하며, 숨을 내쉴 때 아랫배를 안으로 끌어당긴다. 날숨은 약 3~4초 동안 내쉬는 것이 적당하다.

❽ 단전에서부터 공기가 빠져나가는 느낌으로 숨을 내쉰다. 아랫배에 들어 있는 풍선이 바람이 빠져 쪼그라드는 것처럼 배꼽을 척추 쪽으로 끌어당기며 숨을 내쉰다.

이러한 참선법은 의자가 있는 곳이면 어디에서나 할 수 있다. 회사 책상 앞에 앉아서도 할 수 있고, 지하철 의자에 앉아서도 할 수 있고, 날씨가 좋으면 공원의 벤치에 앉아서도 할 수 있다.

이처럼 의자에서 참선을 할 수 있게 되면 생활 공간에서 언제든 에너지와 맑은 정신, 즐거운 마음을 회복할 수 있다.

참선을 하면 언제든 에너지와 맑은 정신,
즐거운 마음을 회복할 수 있다.

언제 어디서나
마음
다스리기

1

입선,
선 자세로
참선하기

선 자세로 참선하는 법을 배우면 일상생활에 참선을 적용할 수 있다. 우리는 이제부터 스트레스가 심하고 불안한 순간에 실제로 참선을 활용하는 능력을 개발하기 시작한다. 어쩌면 이것이 참선을 하는 사람으로서 성장하는 데 가장 중요한 과정일 수 있다.

앞에서 언급했듯이 입선立禪, 즉 서서 하는 참선은 장시간 동안 하기에는 안정감이 떨어지고 앉아서 하는 좌선보다 체력 소모가 크다는 단점이 있다. 그럼에도 선 자세로 참선하는 법을 알면 바쁜 일상에서 어쩔 수 없이 마주하게 되는 정서적 스트레스에 효과적으로 대처하는 방법으로 아주 유용하게 사용할 수 있다.

현대인은 대체로 낮 동안에는 의자에 앉아 있거나 서 있다. 이 말은 곧 직장에서 나쁜 소식을 접할 때에도 대체로 앉아 있거나 서 있다는 뜻이다. 여기서 '나쁜 소식'이란 많은 시간과 에너지, 자원을 투자한 프로젝트가 갑자기 무산되었다는 소식일 수도 있고, 하고 싶었던 업무에서 돌연 배제되는 것일 수도 있다. 이런 갑작스런 소식뿐 아니라 경쟁이 아주 치열한 업무 환경에서, 상사의 업무 압박 등을 수시로 받을 수 있다. 심신 수양이 잘 안 되어 있는 경우 직장에서 다반사로 벌어지는 힘든 일들로 몸과 마음이 상처를 입게 된다.

선 자세로 참선하는 법을 알면 정서적 스트레스에 효과적으로 대처할 수 있다.

직장 밖이라고 예외는 아니다. 요즘은 어딜 가든 휴대전화와 태블릿 PC 등 통신기기를 가지고 다닌다. 그러므로 말 그대로 언제 어디서든 나쁜 소식을 접할 수 있다. 예를 들어 친구들과 한가로운 시간을 보내고 있을 때 사랑하는 사람들에게 안 좋은 일이 일어났다는 소식을 들을 수도 있다. 심지어 아무 일이 없을 때조차도 습관적으로 휴대전화를 보며 주변에서 벌어지는 일을 확인하다 보니 스트레스 수준이 예전에 비해 높아졌다. 의식을 하든 안 하든 오늘날과 같이 경제·정치·사회적으로 빠르게 변화하고, 언제 어디서나 네트워크로 연결되어 구석구석을 감시하는 환경에서는 예측할 수도, 방어할 수도 없는 사건 사고에 무방비로 노출된다.

일상생활 속에서 참선하기

많은 사람들이 이미 참선이나 명상을 접하고 있고 집이나 명상 센터 혹은 참선 수련회 등에서 수행을 하기 시작했다. 사람들이 참선이나 명상을 하는 이유는 둘 중 하나이다. 과거의 괴로움을 치유하거나 미래에 어려움이 닥칠 것에 대비해서다. 그런데 정신적으로 괴로운 바로 그 순간에 수행을 할 수가 있다고 생각하는 사람은 찾아보기 힘들다.

참선을 제대로 훈련하면 실시간으로 정신적·신체적 자극에 적절하게 대응을 할 수 있다. 그것이 참선의 뚜렷한 장점이다. 참선에 익숙해지면 나쁜 소식을 들었을 때 무엇부터 해야 할지 정확히 안다.

> 1단계 : 등을 곧게 펴고 안정적으로 자세를 잡는다.
> 2단계 : 먼저 준비 호흡을 한 다음 복식 호흡에 들어간다.
> 3단계 : "이뭣고?"에 의식을 집중하며 대의심을 일으킨다.

어떤 상황에서든 위와 같이 간단한 3단계 과정을 두루 사용할 수 있다. 책상 앞에 앉아 컴퓨터 작업을 하든, 식당에서 밥을 먹든, 줄을 서 있든, 소파에서 낮잠을 자려던 참이든 혹은 누군가와 대화를 하는 중이든 같은 과정으로 하면 된다. 연습을 꾸준히 해서 자세가 정확해지고, 호흡이 자연스러워질수록 언제 어디서든 편안하고 자연스럽게 참선을 할 수 있게 된다.

그 비결은 참선에 대한 선입견을 바꾸는 데 있다. '삶 속에서' 하는 어떤 것이 아니다. 참선은 '삶에 대처하기 위해' 하는 것이다. 즉 참선을 그냥 하는 것이 아니라 이용하라는 얘기다.

정신적으로 괴로운 바로 그 순간에 참선을 첫 번째 대응 기제로 이용해보자. 참선을 이용해 삶에 대처할 때 비로소 참선과 생활의 경계가 사라지기 시작한다. 참선이 마침내 살아가는 방식이 되는 것이다.

살면서 참선을 하는 것과 삶에 대처하기 위해 참선을 이용하는 것의 차이점은 '서서 하는 참선(입선)'을 설명할 때 잘 드러난다.

스트레스 요인에 대처하기 위해 참선을 이용하려고 생각한다면 입선은 중요하고 배울 만한 가치가 있다. 선 자세에서 참선을 할 경우 한 번에 몇 시간씩 하지 않아도 된다. '선 채로 참선을 할 수 있을 만큼'이면 충분하다.

그렇다면 '선 채로 참선을 할 수 있을 만큼'이란 얼마나 오랜 시간을 말하는 걸까? 평정심과 객관성을 회복할 정도면 충분하다. 생각을 다시 분명히 하고 결단력 있게 행동할 수 있을 정도면 충분하다. 학교나 직장에서 중요한 발표나 연설을 하기 전에 머리를 맑게 하고, 에너지를 모으고, 집중할 수 있을 만큼의 시간이면 된다. 다시 말하면 한 번에 몇 분씩만 선 자세로 참선을 할 수 있으면 된다.

이제 선 자세로 참선하는 방법을 소개하고자 한다. 참선을 막 배우기 시작했다면 입선이 제2의 천성처럼 자연스러워질 때까지 집에서 시간을 들여 연습해보자. 그러면 '실생활'에서 필요하다고 느끼는 즉시 곧바로 참선을 활용할 수 있게 된다.

올바른 입선 자세

똑바로 서서 발을 바닥에 단단히 고정시키기

❶ 두 발이 서로 평행이 되도록 어깨 넓이로 벌리고 똑바로 선다. 연습할 때는 가능하면 맨발로 하는 것이 좋다. 맨발로 바닥을 디디면 발이 땅에 단단히 고정되기 때문에 높은 기둥과 같은 몸이 균형을 잘 유지하고 있는지 민감하게 알 수 있다. 이때 발은 땅과 우리 몸을 연결하는 접점이 된다.

❷ 발바닥에 세심하게 주의를 기울여보자. 그러면 움푹 파인 곳만 제외하고 발바닥의 모든 부분이 바닥에 착 달라붙은 느낌이 들 것이다. 양 발바닥이 4개의 사분면(북서, 북동, 남동, 남서)으로 구분되는 사각형이라고 상상해보자. 각각의 사분면에 체중이 고르게 실려야 한다. 발의 움푹 들어간 부분만 바닥과 떨어져 있어야 한다. 발의 바깥쪽이나 안쪽에 체중이 쏠리면 안 된다. 몸을 발 앞쪽으로 숙이거나 발뒤꿈치 쪽으로 젖혀서도 안 된다. 체중이 발바닥 전체에 고르게 퍼져 흔히 '중심이 잡혀 있다'라고 말하는 느낌이 몸과 마음에 전해져야 한다.

❸ 발가락을 최대한 들어 올려 펼쳤다가 다시 발가락을 내려 놓고 발가락 끝이 바닥에 닿는 것을 느껴보자. 발바닥이 바닥과 닿는 면이 최대한 넓어지도록 발바닥을 가능한 한 길게 늘

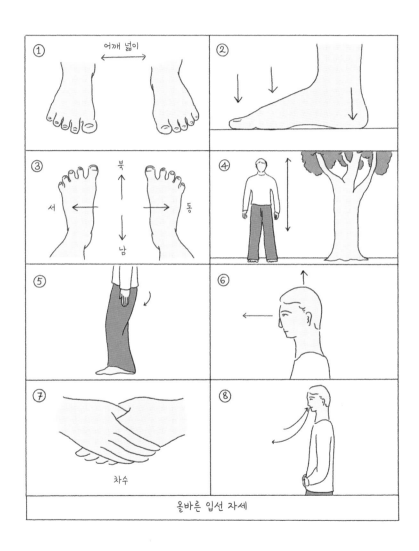

① 어깨 넓이

②

③ 북 / 서 / 동 / 남

④

⑤

⑥

⑦ 차수

⑧

올바른 입선 자세

이고 넓게 펴보자. 이제 중심이 더 잘 잡히고, 바닥에 단단히 고정된 상태다.

❹ 척추를 최대한 길게 뻗는다. 척추를 길게 뻗으라고 하면 많은 사람들이 가슴을 앞으로 내미는 경향이 있다. 그럴 경우 위쪽 척추가 부자연스럽게 휜다. 따라서 가슴을 앞으로 내미는 대신 흉곽의 오른쪽과 왼쪽에 각각 골반뼈에서부터 겨드랑이까지 이어지는 수직선이 있다고 상상하고 그 수직선에 집중하자. 이때 수직으로 뻗은 이 두 선이 점점 길어진다고 상상해보자. 누군가 우리의 두 발을 바닥에 붙여놓고 양쪽 겨드랑이에 고리를 걸어 위로 들어 올리며 잡아당긴다고 상상해보자. 나무처럼 똑바로 서서 마음이 더 넓고 평화롭고 자신감 있는 상태로 바뀌는 것을 느껴보자.

❺ 무릎을 살짝 굽히면서 엉덩이를 가볍게 안쪽으로 밀어 넣어 꼬리뼈가 밑에서 둥글게 말리는 느낌이 들게 한다. 골반이 물로 그득한 커다란 그릇이라고 생각하자. 평소 엉덩이를 뒤로 빼는 경향이 있다면 골반 그릇이 앞으로 기울어 물이 엎질러질 것이다. 반면 배를 앞으로 내미는 경향이 있다면 골반 그릇이 뒤로 기울어 물이 엎질러질 것이다. 이렇게 상상하면서 가능한 한 골반이 기울지 않게 균형을 잡아보자.

❻ 턱을 안으로 살짝 당겨 정수리가 위로 더 솟게 한다.

❼ 편안하게 눈을 뜬 채로 정면을 바라보면서 혀끝을 입천장

에 부드럽게 댄다.

❽ 오른손으로 왼손을 감싸듯 잡아 양손의 엄지와 검지 사이
가 서로 맞닿게 한다. 오른손의 엄지가 왼쪽 손바닥 아래쪽
에 올 것이다. 오른쪽의 나머지 네 손가락은 왼쪽 손등을 감싸
게 된다. 그 상태로 두 손을 배에 가져다 댄다. 이런 손 자세를
'차수叉手'라고 하며, 참선을 갓 시작한 스님들은 이렇게 서 있
어야 한다고 배운다. 그러면 두 손을 동그랗게 모아서 아랫배
에 대고 있을 때와 같은 효과를 낸다. 그 상태로 복식 호흡을
하면 손에서 배의 움직임이 느껴질 것이고, 그로 인해 더 효과
적으로 호흡에 집중할 수 있다.

선 채로 감정을 치유하고 에너지 되찾기

준비 호흡

선 채로 하는 준비 호흡은 서 있다는 것 외에는 방석이나 의자에
앉아서 하는 준비 호흡과 똑같다. 바르게 선 자세에서 코로 숨을
깊게 들이마셔 가슴을 완전히 채운다. 약간 불편하다고 느껴질 때
까지 숨을 참는다. 그런 다음 입으로 길게, 후련하게 숨을 내쉰다.
정서적으로 힘든 상태라면 평정심을 회복할 때까지 준비 호흡을
계속한다.

보통 준비 호흡에서는 폐를 최대한 사용해 숨을 들이마시고 내쉬지만 공공장소에는 좀 더 자연스럽게 호흡한다. 들숨과 날숨이 갑작스럽거나 격하면 안 된다. 우리가 원하는 건 길고 부드럽게, 조용히 호흡하는 법을 익히는 것이다.

결국 코로만 호흡을 할 수 있어야 하고 궁극적으로는 눈에 띄지 않게, 아무도 알아채지 못하게 할 수 있어야 한다. 익숙해지면 나중에는 많은 사람들이 지켜보는 가운데 연설을 준비하는 동안에도 준비 호흡을 할 수 있을 것이다. 다른 사람들과 눈을 마주치면서도 준비 호흡을 할 수 있다. 이런 경지에 이르면 괴로운 일이 일어나는 그 순간에 바로 그 괴로움을 없앨 수 있다.

준비 호흡의 가치를 과소평가해 참선 수행에 포함시키지 않는 사람들이 아주 많다. 다시 강조하지만 준비 호흡이 놀랍도록 유용한 이유는 쉽게 할 수 있어서다. 따로 훈련할 필요가 없고 혼란스럽거나 화가 날 때도 쉽게 할 수 있다. 그것이 핵심이다. 필요하면 언제나 쉽게 활용할 수 있는 자기 조절 기술을 갖게 되는 것이다.

직장이나 학교 혹은 가정에서 아주 화가 날 때 가능하면 잠시 혼자 있을 수 있는 곳으로 가서 준비 호흡을 해보자. 공공장소에서 사람들에게 둘러싸여 있다면 시선을 끌지 않고 준비 호흡을 하기 위해 작은 기지를 발휘할 수도 있다. 예를 들면, 휴대전화를 꺼내 보는 척하면서 준비 호흡을 하는 것이다. 안내문이나 포스터 혹은 책을 보는 척할 수도 있다. 요컨대 정신적·신체적 자기 조절 원리를 이해하면 준비 호흡만으로도 극심한 괴로움에서 벗어날 수 있다.

서 있는 상태에서 참선을 하는 목적은 중심을 잡고 안정적으로 서서 우리를 괴롭히는 감정의 에너지가 날숨을 통해 배출되게 하는 것이다. 조금 익숙해지면 사람들의 이목을 끌지 않고 차분하게 해낼 수 있게 된다.

복식 호흡

복식 호흡은 기 에너지를 끌어모으는 한편으로 폐의 용량을 더 크게 활용하기 때문에 훨씬 더 강력한 치유력과 함께 재충전 효과를 발휘한다. 복식 호흡에 익숙해지면 정신적 압박이 심한 순간에도 준비 호흡을 거치지 않고 훨씬 더 효과적으로 편안해질 수 있다.

❶ 참선을 위해 바르게 선다. 몸이 꼿꼿하게 균형을 잘 잡고 바닥에 딱 붙어서 흔들림이 없는 것을 느낀다.

❷ 코로 부드럽게 천천히 숨을 들이쉬면서 공기로 채워지듯 배를 서서히 바깥으로 내민다. 들숨은 약 2~3초가 적당하다. 만약 복식 호흡이 편안하게 느껴지는 상태가 되면 서 있는 자세로 숨을 들이마실 때 온 우주에 퍼져 돌고 도는 회복의 기운까지 끌어당긴다고 상상해보자. 탑처럼 흔들림 없이 우뚝 서서 숨을 들이마시면 우리의 주변과 위아래에서 기 에너지가

끌려온다고 상상해보자. 이렇게 연습을 계속하면 감각이 발달하여 숨을 들이마실 때 거기에 뭔가가 더 있다는 것을 느끼게 된다. 공기에 살짝 전기가 통하는 것처럼 느껴지거나 왠지 모르게 더 부드럽고, 마치 액체처럼 느껴질 수도 있다. 우주의 생명력인 이 경이로운 기 에너지가 우리 몸속의 빈 공간을 채운다고 상상해보자.

❸ 배가 80퍼센트 정도 공기로 찼다고 느껴질 때 2~3초간 호흡을 멈춘다. 우리가 들이마신 엄청난 양의 기가 골수까지 파고들고, 세포 하나하나에 깊숙이 들어가고 있다고 상상하자.

❹ 코로 천천히 숨을 내쉰다. 마치 배 속의 공기를 쥐어짜듯 배를 척추 쪽으로 당기며 내쉰다. 날숨은 3~4초 정도가 적당하다. 숨을 내쉴 때 신진대사 과정에서 발생한 불필요한 잔여물과 독소, 몸속 노폐물과 부정적인 감정 에너지, 쓸데없는 생각 등도 함께 내보낸다고 상상해보자. 이 모든 신체적·정신적 찌꺼기들이 사라지면 아무것도 없는, 맑고 선명하고 활력이 넘치는 순수한 자각의 공간이 열린다.

기 에너지가 들어오는 것을 민감하게 느끼면서 복식 호흡을 할 수 있다면 몸이 더 생기 있고 가볍게 느껴질 것이다. 몸의 밀도가 점점 줄어들어 공기처럼 가벼워지는 것 같다. 바닥에 깊이 뿌리내린 것처럼 무게감이 느껴지는 동시에 몸이 에너지로 바뀐 것처럼 왠지 모르게 무게감이 전혀 안 느껴지기도 하는 것이다. 그런 경험을 하고 나면 오랜 시간 서서 참선하는 것이 더 쉬워진다.

야외에서 하는 복식 호흡
자연에서 하는 참선의 힘

서서 참선하는 법을 배우면 자연에서도 할 수 있다. 의자나 방석을 가지고 다닐 필요 없이 공원의 잔디밭이나 해변의 모래사장, 숲 속 나무 아래, 산꼭대기는 물론이고 심지어는 물이 허리까지 차는 수영장이나 호수에 맨발로 서서도 참선을 할 수 있다.

맨발로 흙이나 잔디를 밟고 서서 상쾌하고 기분 좋은 공기를 마시고 쏟아지는 햇살을 받으며 참선을 하면 훨씬 더 강력하고 심오하며 삶을 변화시키는 기 에너지를 경험할 수 있다. 그렇게 함으로써 '우리는 빛과 에너지로 이루어진 존재'라고 주장했던 고금의 정신적 스승들의 주장이 어떤 의미인지를 직접적인 경험을 통해 이해하게 된다.

숲속 나무 아래서

맨발로 잔디 위에 서서

수영장이나 호수에서

선 채로 화두 참선하기

참선을 위해 바르게 서서 복식 호흡을 시작한다. 숨을 내쉴 때마다 마음속으로 "이뭣고?"라고 말하며 대의심을 일으킨다.

호흡을 하며 스스로에게 이 질문을 반복해서 던짐으로써 의심을 일으키고 그 상태를 유지하고 확대해나간다. 정신적으로 보면 다급하게 묻는 상태이며, 알 수 없는 것을 알고자 하고 볼 수 없는 것을 보고자 하는 상태이다. 정서적으로나 신체적으로는 꽉 막혀 답답하고 간절한 느낌이 든다. 궁극적으로는 우리 의식을 그 근원으로 돌리려고 시도하는 것이다.

그러면 대의심이 우리 몸과 마음의 긴장과 걱정, 적대감과 두려움 그리고 슬픔을 몰아내는 정화의 불꽃 같은 역할을 한다. 이를 통해 우리는 위로를 받고 부담을 덜어낸다. 마음이 환해지면서 평화로워져 마침내 자유를 느끼게 된다.

감정 대처와 치유를 넘어서

시간이 날 때마다 선 자세로 참선을 연습하고 실전처럼 리허설도 하면, 일상에서 필요한 순간에 즉시 대응 및 치유 전략으로 활용할 수 있다. 서 있는 자세를 안정감 있는 입선 자세로 바꾸기 위해서는 기술이 필요하다. 겉으로 봐서는 단지 서 있는 건지 입선을 하고 있는지 차이를 거의 느낄 수 없다. 하지만 내면에서는 큰 차이가 일어난다. 생각과 감정이 갈등을 일으킬 때 입선을 하면 무력하게 경직된 채로 불안하게 서 있는 대신 안정적으로 서서 편안하고 맑은 정신 상태를 유지하게 된다.

이런 변화를 몸에서 찾아보면 마치 척추의 가장 아랫부분이 아래로 더 늘어나 땅속까지 뚫고 들어가 단단히 박히고, 두 발도 점점 바닥을 뚫고 가라앉는 느낌이다. 아직 기를 느끼지 못하는 초보자들조차 자신의 무게감을 느끼는 동시에 가볍다고 느끼는, 놀랍

나무처럼 땅속까지 뚫고 들어가 단단해진 듯한 느낌

고 모순된 기분을 경험한다. 두 다리는 시멘트로 채워진 것처럼 무겁고, 상체는 척추가 골반에서 솟아올라 위로 쑥 빠져나가고 어깨를 짓누르던 묵직함이 사라진 듯 가볍게 느껴진다.

정신적으로는 냉철함과 진지함 그리고 자존감을 경험한다. 영감이 떠오르고 복잡하게 엉켜 있던 고민에 대한 해결책이 생각난다. 아프고 불안했던 마음에 다시 안도감과 고마움, 희망이 찾아온다. 현실의 모든 면을 세세하고 생생하게 들여다보니 시야도 더 선명해진다.

입선을 많이 연습할수록 이런 긍정적인 변화가 빨리 일어난다. 나중에는 스위치를 누르는 것처럼 쉽고 빠르게 우리의 심신 상태를 바꿀 수 있다.

따로 시간을 내어 연습할 때 평소보다 무릎을 살짝 굽혀도 된다. 하지만 아래를 내려다보았을 때 무릎뼈가 발가락 끝보다 더 앞으로 튀어나오지 않아야 한다. 무릎을 살짝 굽히면 골반을 미세하게 움직여 평형을 맞추기가 더 쉽고, 따라서 허리를 곧게 펴고 똑바로 서 있기도 더 편하다.

이 자세가 익숙해지면 머리의 위치를 미세하게 조정해 정수리가 회음부와 일직선이 되게 할 수 있다. 턱을 안으로 당기면 그렇게 된다. 머리의 위치가 정확히 맞으면 정수리와 회음부를 연결하는 끈이 갑자기 팽팽히 당겨진 듯한 느낌이 든다. 무릎을 완전히 펴지 않아도 척추가 최대한 쭉 뻗으면서 왠지 키가 더 커진 느낌이 든다. 상체는 훨씬 편하고 가벼워진 반면 하체는 더 묵직하고 단단해진 느낌이 든다.

이제 충분히 연습하면 초반의 불안정한 느낌과 에너지가 많이 소비되는 입선의 단점을 극복할 수 있다. 몸을 똑바로 세운 상태로도 자연스럽게 쉴 수 있는 자세를 발견하고, 서 있을 때 쓰지 않는 근육들의 긴장을 풀 수 있게 된다. 이 상태가 되면 몸이 제자리에 떠 있는 것 같고, 두 발로 지탱하는 몸무게가 다 느껴지지 않는 것 같다.

새로운 안목으로 세상을 보는 법

입선을 완전히 익히면 우리 몸의 운동감각에 대한 자각도 발달한다. 어떤 공간 안에서 혹은 사람들 사이에서 우리의 지향점을 명확히 인식하는 것이다. 전에는 머릿속에서 일어나는 일들을 수동적으로 지켜보기만 했다면 이제는 생동감이 더 크게 느껴지기 시작한다. 색깔과 소리, 감촉과 냄새가 더 깊이 있게 직접적으로 느껴진다. 신체적 자극과 감정이 왠지 더 신선하고 현실적으로 느껴진다.

참선은 한 사람 한 사람이 각자의 길을 가면서 자기만의 통찰을 얻는 방법이다. 동시에 그 통찰을 세상과 나눌 수 있고, 우리 모두

가 소중히 여기는 지식의 보고寶庫를 더 풍성하게 만들 수 있다.

입선을 완벽하게 배우는 것은 참선을 우리 일상으로 끌어들이기 위한 중요한 과정이다. 입선을 하면 필요할 때 말 그대로 가만히 멈춰 설 수 있는 능력을 갖게 된다. 입선은 모호한 활동들이 끝없이 이어지는 현대적인 일상에 명확하고 분별력 있는 순간들을 더하고, 상식과 애정을 불어넣을 수 있는 능력을 준다. 또한 많은 사람들이 몸으로는 일을 하면서 머리로는 다른 생각을 하는 이상한 꿈에서 깨어나게 한다. 많은 사람들이 삶이라고 착각하는 그 꿈에서 깨어나면 최소한 이 신기하고 경이로운 우주에 살고 있다는 것이 아름답고 고맙게 느껴진다.

2

행선,
걸으며 화와 불안
다스리기

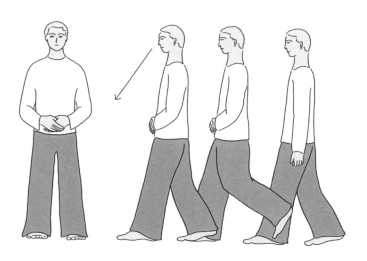

참선과 걷기를 하나로

진화 심리학 이론에 따르면 분노와 두려움이라는 감정은 이른바 '투쟁 – 도피 반응fight-or-flight response'의 일부분이다. 위협에 대처하는 투쟁 – 도피 반응은 자연 선택을 통해 수천 년에 걸쳐 진화해온 정신생리학적 반응 체계이다. 예컨대 우리가 선사시대에 살고 있다면, 포식자나 경쟁자가 당장이라도 공격해올 것 같은 위험에 처했을 때 위협의 수준을 따져보고 맞서 싸울지 아니면 도망칠지를 결정할 것이다. 이때 싸우기로 결정하면 정서적으로 분노하는 반응이 일어나고, 도망치기로 결정하면 두려움이 생겨나는데 어느 쪽이든 우리 몸과 마음은 짧고 폭발적인 신체 활동에 대비하게 된다.

　혈압과 심장 박동 지수가 상승하고, 소화 기능이 멈추며, 아드레날린 같은 각종 호르몬이 혈액에 분비되어 고통에 무뎌지고, 근육이 잔뜩 긴장하는 것이다. 이는 가만히 앉아서 참선할 수 있는 상태가 아니라는 뜻이다. 이런 상태로 참선하려는 것은 겁에 질려 날뛰는 말의 고삐를 당기려는 것과 같다.

　화가 나거나 짜증이 날 때, 걱정이 되거나 두려울 때 혹은 초조할 때는 걸으면서 참선(행선行禪)을 하는 편이 훨씬 더 쉽고 유익하다. 행선은 활동적인 참선, 즉 요중선에 속한다. 숙련된 참선 수행자들 중에도 앉아서나 누워서 하는 정중선은 치유와 안정을 위해서 하고, 요중선은 참선으로 집중력을 높여 일의 성과를 올리기 위해 하는 것이라고 생각하는 경우가 종종 있다. 하지만 화가 나거나 두려울 때 혹은 너무 흥분될 때 걸으면서 참선을 해보면 요중선에도 치유력이 있다는 것을 알게 된다.

요중선은 마음을 치유하고 차분하게 진정시킬 뿐만 아니라, 기분을 상쾌하게 하고 기운이 나게도 한다. 참선을 하면 정신이 맑아지고 마음이 차분하고 평화로워지는 동시에 정신이 초롱초롱해지고 활력이 생겨 행동에 나설 마음의 준비가 된다고 상상하면 된다. 하지만 대부분의 사람은 조용하거나 활동적이거나, 무관심하거나 열심이거나, 휴식 중이거나 활동 중이거나 둘 중 하나에만 해당하지 동시에 두 가지 상태일 수는 없다고 생각한다.

그런데 참선이 놀라울 정도로 탁월한 이유가 바로 여기에 있다. 참선을 하면 행동하는 것과 가만히 있는 것이 공존할 수 없는 양극단의 상태가 아니라는 것을 우리 몸과 마음에서 일어나는 실질적이고도 즉각적인 경험을 통해 알게 된다. 움직이는 것과 멈춰 있는 것, 말하는 것과 침묵하는 것, 골똘히 생각하는 것과 참선하는 것, 상황을 바꾸는 것과 받아들이는 것이 정반대 행위가 아님을 알게 된다. 참선을 하면 현실을 있는 그대로 보고 경험함으로써 우리가 세상을 해석하고 판단하는 데 사용하는 극단적인 흑백논리와 이분법은 착각에 불과하며, 더 나쁘게는 걸림돌로 작용할 수 있다는 것을 깨닫게 된다.

움직이면서 도전할 수 있는 참선

걸으며 하는 참선, 즉 '행선'에 대해 들어본 적이 있을 것이다. 행선 중에서도 아주 천천히 걸으면서, 걸어가는 행위를 구성하는 다양한 요소들을 주의 깊게 관찰하는 방식이 가장 잘 알려져 있다. 예컨대 앞으로 걸어갈 때 한쪽 발을 내미는 보폭과 발꿈치가 땅에 닿는 느낌, 체중이 발꿈치로 옮겨가면서 몸이 앞으로 나아가 발바닥 전체가 땅에 닿는 느낌 등에 주목하는 것이다.

그러나 그렇게 걸으면서 참선을 할 때에는 그것이 걷는 행위 자체에 관한 명상은 아니라는 것을 알아야 한다. 행선은 걷기라는 신체 활동에 대해 사색하고 연구하는 것이 아니다. 그리고 반드시 느리게 걸어야 하는 것도 아니다.

전통 선방에서는 주로 50분간 앉아서 참선을 한 다음 10분 정도 쉬는 시간을 갖는다. 이때 스님들은 방 안에서 큰 원을 그리며 말없이 걷는다. 쉬는 시간에도 계속 참선을 하며 집중하려는 것이다. 그러나 쉬는 시간에는 환기를 시키려고 창문과 문을 다 열어놓고, 참선하던 사람들도 자유롭게 화장실에 가거나 다른 방에 가서 몸을 푼다. 이렇게 휴식 시간을 갖는 목적은 단순히 쉬기만 하는 것이 아니라 기분을 상쾌하게 하고 재충전도 하려는 것이다. 여태 참선하느라 소모한 기력을 회복하고 앞으로 할 참선에 단단히 대비하려는 것이다.

이렇게 휴식 시간에 방 안을 걸으면 발걸음이 가볍고 활기차진다. 행선은 모닝콜 혹은 경종 같은 것이다. 화가 나고 불안할 때 마음을 진정시키는 것만으로는 부족하다. 감정을 다스린 다음에는 반드시 처음에 우리를 화나게 만든 그 문제를 해결할 준비가 되어 있어야 한다.

참선은 긴장을 풀기 위해 하는 것이 아니다. 참선을 하면 오히려 정신을 아주 똑바로 차리고 현재에 집중하는 상태가 된다. 참선은

행선, 걸으며 하는 참선

현실로부터 도피하는 것이 아니라 두 눈과 몸과 마음을 활짝 열고 현실로 뛰어드는 것이다. 참선은 조용한 가운데 몸과 마음을 다해 현실에 직접 참여한다는 점에서 몰입도가 높고 짜릿하다. 살아 있다는 것을 모든 감각으로 느낀다. 참선 초보자들이 반드시 배워야 할 첫 번째 기술은 몸이 긴장하거나 정서적으로 불안해하지 않으면서 정확하게 집중력을 유지하는 것이다. 참선의 탁월함이 바로 여기에 있다. 우리의 정신은 다이아몬드 드릴처럼 예리하지만, 우리의 몸과 마음은 차분하고 평화롭다.

활동적인 참선을 할 때는 몸을 움직이는 동안에 몸과 마음의 균형을 아주 섬세하게 유지하는 것이 중요하다. 그렇다고 신체 움직임을 여러 부분으로 나눠 천천히 걷는 것은 바람직하지 않다. 몸을 자연스럽게 움직이면서도 "이뭣고?" 화두에 집중하며 정신적으로 전혀 흔들림 없는 상태를 유지하는 것이 좋다. 어떻게 하면 되는지 그 방법을 배워보자.

참선과 걷기를 하나로

❶ 바르게 서서 입선 자세를 취한다. 오른손으로 왼손을 감싸 아랫배에 대는 차수 자세를 취해보자. 배에 닿는 손의 압력이 걸을 때 집중하도록 도와줄 것이다.

❷ 앞쪽 땅바닥을 보며 천천히 걷기 시작한다.

❸ 계속 "이뭣고?" 화두에 집중한다. 화두가 단전에 있다고 상상하자. 집안일을 하면서도 갓난아기에게서 눈을 떼지 않을 때의 그 절박한 심정으로 의식을 집중하자. 의식의 일부는 항상 단전의 "이뭣고?"를 향해야 한다. 단전에서 부피감이나 열기, 떨림 같은 것이 느껴질 수 있다. 바로 거기에 정신을 집중해야 한다. 이 말이 직관적으로 이해되지 않아도 괜찮다. 손과 배가 만나는 지점에 정신을 집중하고 걸으면서 속으로 침착하고 분명하게 "이뭣고?"를 읊조리면 된다.

❹ 호흡을 천천히 하려고 애쓸 필요 없다. 호흡의 속도는 자연스럽게 움직임을 따라가게 된다. 다만 숨이 찰 만큼 너무 빨리 걷지 않도록 주의하자.

❺ 복식 호흡을 할 때 배가 들어갔다 나오는 것에 너무 연연하지 않아도 된다. 호흡은 자연스러워야 한다. 다시 말하지만 "이뭣고?"를 읊조리면서 아랫배 안쪽 공간에 의식을 집중하는 것이 중요하다.

❻ 이때 등을 똑바로 펴고, 목과 어깨가 긴장하지 않도록 주의해야 한다. 집중하려 할 때 고개를 앞으로 내미는 사람들이 많다. 그렇게 하지 않도록 주의하면서 척추를 똑바로 세워 최대한 길게 늘인다.

❼ 걸으면서 참선의 다양한 정신적·신체적 동작을 유기적으

로 해내는 것이 익숙해지면 조금 더 빨리 움직이려고 해보자. 양손을 내리고 자연스럽게 걸어도 된다.

행선을 할 때에는 근엄한 표정으로 걷고 있는 것처럼 보인다. 하지만 직접 해보면 여러 가지 작은 동작들이 조화를 이루도록 마음속으로 진두지휘하고 있는 것이나 마찬가지임을 알게 된다. 사실 행선은 현대 생활의 많은 부분을 차지하는 멀티태스킹에 참선을 효과적으로 접목하는 방법을 배우는 첫 번째 과정이다.

올바르게 걷는 연습

올바르게 걷는 법부터 배워보자.

걸을 때 미끄러지듯 자연스러운 느낌이 들어야 한다. 걷는 속도가 비교적 일정해야 하며, 속도를 높이거나 줄일 때는 부드럽고 우아하기까지 해야 한다는 뜻이다. 걸을 때 몸을 위아래로 들썩이거나 좌우로 흔들면 안 된다. 기차 바퀴가 철로 위를 굴러가는 것처럼 조금이라도 옆길로 새지 않고 흔들림 없이 매끄럽게 움직이되 몸의 긴장을 풀고 시선이 흔들리지 않아야 한다.

먼저 러닝머신 위에서 연습해보는 것도 좋은 방법이다. 이렇게 하면 지나치는 풍경에 시선을 빼앗기지 않을 수 있다. 또한 걷는 속도와 리듬을 일정하게 유지할 수 있다. 또는 넓은 공간의 바깥쪽을 돌면서 연습해도 된다. 시계 방향과 시계 반대 방향, 양방향으로 모두 연습하는 것이 좋다는 것만 기억하자. 밖에서 연습하고 싶다면 주변 경치가 비교적 단조롭고 조용한 곳을 고르자. 탁 트인 해변이나 주차장, 운동장도 좋다.

걸으면서 속도와 리듬에 변화를 주어 몸의 한계를 알아보자. 호흡이 가빠지기 전까지 얼마나 빠르게 걸을 수 있는가? 복식 호흡을 유지하려면 얼마나 천천히 걸어야 하는가? 여러 가지 생각이 왔다 갔다 할 것에 대비하자. 사람은 걸으면서 생각을 하는 경향이 있기 때문이다. 주의하지 않으면 걸으면서 머릿속으로 영화 한 편을 찍거나 은퇴할 때까지의 인생 계획을 구상할 수도 있다. 행선은 '산책'이 아니라는 것을 기억하자. 목적을 갖고 에너지와 집중력을 쏟아부으며 걷고 있는 중임을 명심하자.

행선은 참선과 운동을 결합할 수 있는 아주 훌륭한 방법이기도 하다. 다만 참선하면서 옆 사람과 수다를 떨어서는 안 된다. 말없이 함께 걸을 생각이 아니라면 행선은 혼자 하는 것이 더 효과적이다. 가볍게 걸으면서 자세와 규칙적인 호흡, "이뭣고?" 화두에 집중하려면 다른 사람과 대화를 나눌 여력이 없다. 하지만 걷는 동안 침묵을 지킬 수 있는 좋은 동료가 있다면 당연히 행선을 함께해도 된다.

사랑들이 붐비는 곳에서 해볼 수 있는 행선

사람들이 붐비는 곳에서 해볼 수 있는 행선

행선을 하며 걷는 데 익숙해지면, 그것이 기차역이나 공항, 백화점처럼 혼잡한 곳에서 빨리 걷기에 좋은 방법이라는 것을 알게 될 것이다. 사람들로 붐비는 곳을 서둘러 지나가려 할 때면 가다 서다를 반복하는 앞사람들 때문에 짜증이 나기도 한다. 그런데 걸으면서 참선을 해 정신을 현재에 집중하면 매우 효율적으로 움직이게 된다. 사람들과 부딪치지 않고 사람들 틈으로 부드럽게 잘 빠져나간다. 신체 움직임에 매우 집중하는 동시에 연연하지 않으니 마음이 편안해진다.

이로써 참선을 하면 집중력이 분산되는 것이 아니라 우리가 하는 일의 효율성이 더 높아진다는 것을 경험하게 된다. 이는 실로 놀라운 발견이며, 대부분의 참선 초보자들이 무의식적으로 갖고 있는 그릇된 구분들, 가령 가만히 있는 것과 움직이는 것, 사색과 행동, 수동적인 태도와 자기 주장, 참선과 일의 구분을 없애준다.

선불교의 고대 선사들은 "하루 종일 걷되 한 걸음도 걸은 바 없다" 라고 했다. 우리가 목적을 갖고 걷기 시작하여 목적지에 도착하는 데 성공하더라도 걷는 내내 참선에 집중하면 몸의 움직임이나 다른 걱정에 신경 쓸 틈이 없다는 뜻으로 해석된다. 현재의 순간을 사는 것과 일상의 현실적인 목표를 달성하는 것이 완벽한 균형을 이루었다는 의미이다.

결국 계속 전진하라고 하는 현대사회의 끝없는 요구와 잠시 멈춰 서서 장미 향기를 맡고 싶은 욕구 사이에서 더 이상 갈등할 필요가 없다. 자세와 호흡, "이뭣고?"로 이뤄지는 참선의 기본기를 매일 꾸준히 연습해 참선 능력이 향상되면 더 복잡한 일을 하면서도 참선하는 법을 터득하게 된다.

참선을 하면 문제 해결 능력과 창의력이 높아진다는 것도 알게 된다. 믿을 수 없겠지만 나중에는 미래를 계획하고, 우선순위를 정하고, 계획을 실행하는 순간에도 참선을 하며 현재에 집중할 수 있다. 계속해서 여러 가지 일을 동시에 처리해야 할 때도 당혹감을 느끼지 않는다.

참선을 하면서 우리 내면의 의식과 신체의 움직임을 조화롭게 지휘하는 법을 배우면 일상의 여러 가지 복잡한 임무를 능숙하게 처리해나가는 법도 배우게 된다. 무용수나 피겨스케이팅 선수가 침착하게 끝까지 집중하며 매우 복잡하고 화려한 안무를 선보이듯이 우리도 매일 펼쳐지는 모든 일들과 의무에 온전히 집중하는 법을 배울 수 있다.

3

와선,
누워서 외로움과 우울함,
피로 해소하기

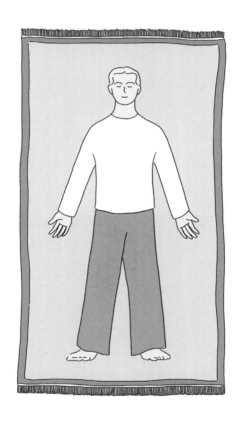

외로움이나 우울증을 겪어본 사람이라면 알겠지만 그런 심리 상태에서는 뭔가를 할 만한 에너지나 의욕이 별로 없다. 심한 경우에는 슬프고 불안해서 몸이 아프기까지 하다. 사실상 울고 있는 상태라고 봐야 한다. 이런 상황에서는 전통적인 반가부좌 자세로 참선하는 것이 어려울 수 있다. 의자에 앉아서 하는 참선도 마찬가지다.

마음이 아프거나 공허할 때, 의욕이 없거나 우울할 때, 혹은 몸이 너무 피곤할 때 누워서도 참선을 할 수 있다. 그러나 누워서 참선(와선臥禪)하는 데에도 기술이 필요하다. 와선을 할 때는 절제가 중요하다. 치유와 재충전을 위해 완전히 휴식하는 느낌이어야 하지만, 졸음이 올 정도는 아니어야 한다. 감정이 차분하게 가라앉고 몸을 움직이지 않는 상태에서 정신은 아주 맑고 또렷해야 한다.

정신이 맑고 몸은 전혀 움직이지 않는 고도의 정제된 상태에서 "이뭣고?" 화두를 들고 대의심을 일으키는 데 온전히 집중하면 구름이 해를 잠깐 가렸다가도 다시 흘러가듯이 슬픔, 후회, 수치심, 죄책감, 외로움 같은 괴로운 감정이 모두 흘러갈 것이다.

나는 한국의 젊은이들과 한국에 사는 외국인들에게 참선을 가르치면서, 참선 초보자들이 중압감을 느낄 때 누워서 하는 와선이 무척 유용하다는 것을 알게 되었다.

정서적으로 많이 혼란스럽거나 몸이 지친 상태에서는 다른 어떤 자세로도 참선을 하기가 어려울 것이다. 하지만 꼭 심신이 지친 상태가 아니더라도 와선을 배우면 여러모로 쓸모가 있다. 와선은 숙면에도 도움이 된다. 사실 오래전부터 선불교 선원에서는 잠들기 전에 누운 채로 참선을 하라고 가르친다. 그것이 잠을 깊이 그리고 건강하게 자는 좋은 방법이라서 그렇게 한다는데, 나는 경험을 통해 그것이 사실임을 확인했다.

불필요한 근육의 긴장을 의식적으로 풀고 몸을 편안하게 이완시킨 상태에서 복식 호흡을 하며 "이뭣고?" 화두를 들면 더 깊고 편안하고 만족스럽게 잠을 잘 수 있다. 다음 날 아침에 일어나면 몸이 가뿐하고, 기분도 활기차고, 긍정적인 느낌이 든다. 눈을 뜨는 순간부터 풍요롭고 에너지가 넘치고 희망이 가득한 느낌이 들면서 좋은 기분으로 하루를 시작하게 된다.

요가 사바사나 자세로 익히는 와선

와선의 좋은 점은 잘 알려져 있는데 와선을 제대로 하는 법을 알기는 쉽지 않다. 역사적으로 고대 선사들도 아주 간단히 그저 '걸을 때나 서 있을 때, 앉아 있을 때나 누워 있을 때'에도 참선을 하라고만 했지, 누워서 참선하는 방법을 구체적으로 설명하지는 않았다. 그래서 나는 누운 자세로 참선 수행을 하는 체계적인 방법을 스스로 개발해야 했다. 내가 그 방법을 알아낸 것은 솔직히 우연에 가깝다.

막 출가했을 무렵 나는 몸을 유연하게 만들 방법을 찾기 시작했다. 어려서부터 입식 생활을 해온 탓에 바닥에 반가부좌로 앉는 것이 힘들었기 때문이다. 그러다 생각해낸 방법이 요가였다. 요가를 배우면 몸이 유연해져서 더 효과적으로 참선을 할 수 있을 것 같았다. 문제는 요가를 배울 곳이 없다는 것이었다. 당시에는 한국에 요가가 대중화되지 않아 요가 센터가 거의 없었다. 그래서 책을 사서 독학으로 요가를 배우기 시작했다.

결국 요가에서 내 문제의 해답을 찾았다. 요가는 유연성을 키우는 데 확실히 도움이 되었다. 하지만 그보다 더 중요한 사실은 요가를 통해 아주 다양한 자세로 참선을 할 수 있다는 것을 확인했다는 점이다. 요가는 각자의 몸을 조절하는 구체적이고 세세한 방법을 알려주기 때문에 요가를 활용하면 '걸을 때나 서 있을 때, 앉아 있거나 누워 있을 때' 과학적이고 체계적인 방식으로 참선을 할 수 있다. 게다가 와선을 배우는 과정에서 육체적으로 혹은 정서적으로 지쳐 휴식을 취하거나 회복하는 동안에도 효과적으로 참선하는 법을 알게 되었다.

이것은 외롭거나 우울하거나 힘든 상황을 겪고 있는 사람들은 물론, 참선을 하고 싶지만 바쁜 일정 때문에 늘 피곤하다고 느끼는 사람들에게도 반가운 소식일 것이다. 이 방법을 이용하면 어떤 이유에서든 늘 피곤하다고 느끼는 사람들도 누워서 휴식을 취하고 재충전을 하는 동안 참선을 할 수 있다.

바르게 눕기
시체 자세

나는 요가에서 이른바 '시체 자세(사바사나)'라는 것이 누워서 참선할 때 가장 자연스럽고 효과적인 자세라는 것을 알게 되었다. 와선을 할 때 요가에서 배운 시체 자세를 따라하면 된다. 시체 자세를 몰라도 괜찮다. 다음 설명대로 따라하면 된다.

와선의 방법은 설명이 비교적 길고 세세한 편이다. 이 방법은 주로 심신의 고통이 몹시 커서 누워서도 괴로운 생각과 감정에서 쉽게 벗어나지 못하는 사람들을 위한 것이기 때문이다. 그러니 다음 설명을 소리 내어 읽고 녹음한 다음 와선을 시도할 때마다 녹음한 내용을 들으며 지침으로 삼아도 좋다.

특히 감정이 주체가 안 될 때는 바닥이 넓은 곳, 자기 몸보다 훨씬 더 길고 넓은 장소를 선택하는 것이 좋다. 그래야 심신이 약해졌을 때 세상의 지지를 받으며 넓은 바다 위에 누워 있는 것 같은 기분이 든다. 또한 바닥이 넓으면 물건에 부딪치거나 모서리에 팔다리를 찧을 걱정 없이 몸을 최대한 쭉 뻗을 수 있다. 마음이 속상할 때는 바닥에 담요를 깔아 포근한 느낌을 줘도 좋다.

❶ 바닥에 담요를 깐다.

❷ 담요의 절반을 가르는 선과 등뼈가 만나도록 바닥에 등을 대고 눕는다. 무릎을 굽혀 위로 향하게 하고, 발다박은 담요에 평평하게 댄다.

❸ 골반을 살짝 들어 꼬리뼈가 발꿈치 쪽으로 약간 내려가게 한다. 이렇게 하면 척추를 좀 더 길게 뻗을 수 있다.

❹ 양쪽 무릎을 한 번에 한쪽씩 서서히 내려 다리를 바닥에 쭉 뻗는다. 이 동작을 할 때 척추가 휘거나 비뚤어지지 않게 주의한다. 척추는 곧게 뻗어 담요의 양쪽 가장자리와 평행을 이루어야 한다. 척추가 바닥에 펼쳐놓은 하나의 사슬이고, 모든 연결 고리가 서로 엉키지 않고 가지런히 정렬되도록 양쪽으로 잡아당겨 쭉 편다고 상상해보자.

❺ 이제 담요의 절반을 가르는 일직선과 척추가 맞닿을 것이다. 이 선은 우리 몸을 정확히 양분하는 선이기도 하다. 몸의 오른쪽 반과 왼쪽 반이 서로를 거울에 비춘 모습이라고 상상해보자. 한쪽 어깨와 팔, 엉덩이, 다리, 발의 위치가 반대쪽과 정확히 일치해야 한다.

❻ 양쪽 어깨뼈(견갑골)를 척추 쪽으로 가볍게 끌어당긴다. 그

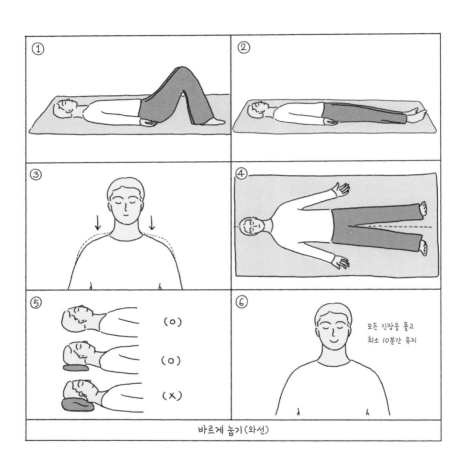

① ② ③ ④ ⑤ (O) (O) (X) ⑥ 모든 긴장을 풀고 최소 10분간 유지

바르게 눕기 (와선)

런 다음 귀에서 멀어지게 한다는 느낌으로 어깨를 내린다.

❼ 다리는 골반 넓이로 벌린다. 다리에서 힘을 쭉 빼서 양쪽 발이 바깥쪽으로 자연스럽게 기울게 한다.

❽ 팔은 양쪽 골반과 20센티미터 정도 간격을 두고 곧게 편다. 손바닥이 위로 향하게 한 상태에서 손의 힘을 빼면 손가락이 살짝 구부러진다.

❾ 머리는 바닥에 편하게 댄다. 얇은 담요나 베개를 사용해도 된다. 다만 담요나 베개가 너무 높아서 턱이 목으로 기울어지면 안 된다. 턱과 목 사이가 너무 좁지 않아야 한다.

❿ 목을 움직이는 것이 자연스럽게 느껴질 때까지 고개를 가볍게 몇 번 끄덕여보자. 그런 다음에는 고개를 좌우로 왔다갔다 돌려보자. 고개를 양옆으로 돌리는 것이 편안해질 때까지 몇 번 반복해보자.

⓫ 이제 우리는 담요의 정중앙, 세상의 한가운데 정확히 누워 있고 우리 몸은 좌우가 완벽한 대칭을 이루고 있다.

⓬ 아주 부드럽게 눈을 감은 다음 긴장을 푼다. 눈꺼풀이 수면 위에 떠 있는 꽃잎처럼 느껴질 것이다.

⓭ 혀끝을 윗니 바로 뒤쪽 입천장에 살짝 대고 턱에서 힘을 뺀다.

⓮ 가능하면 이 자세를 최소 10분간 유지한다. 숨을 내쉴 때마다 점점 더 깊은 이완 상태가 되도록 해보자. 이때 몸 전체

가 조금씩 더 풀어진다고 상상해보자.

누워 있어도 제대로 쉴 수 없다면

만약 인생에서 어려운 시기를 겪고 있다면 와선 자세에서도 머릿속에 계속 괴로운 생각이 들어 화가 나고 몸이 바짝 긴장될 것이다. 아니면 괴로운 감정으로 가슴이 답답해져 편안하게 숨 쉬기가 힘들고 다시 몸에 힘이 들어갈 것이다. 이럴 때에는 머릿속으로 몸 전체를 스캔해보자. 이렇게 하는 이유는 우리 의식을 몸의 각 부분으로 돌려 우리가 알지 못하는 사이에 긴장하고 있는 부위를 찾아보려는 것이다. 우리가 몸의 한 부분에 부드럽게, 하지만 끈질기게 주의를 기울이면 그 부분이 편안하게 이완되고 정화되는 효과가 있다.

❶ 먼저 의식을 몸으로 돌려 발끝부터 머리끝까지 몸 전체를 스캔해보자. 각자의 의식으로 몸의 각 부위에 치유의 빛줄기를 쏜다고 상상해보자. 이 빛줄기가 세포 하나하나까지 파고든다. 오른쪽 발바닥에서 시작해 발등으로 옮겨간다. 긴장하거나 뭉쳐 있는 곳이 없는지 찾아보자. 혹시라도 있으면 부드럽게 긴장을 풀고 뭉침이 사라질 때까지 의식의 빛을 비춰보

자. 가볍게 복식 호흡을 하면서 숨을 내쉴 때마다 치유의 빛과 기운을 그 부위에 보낸다고 상상해보자. 계속해서 의식을 위로 옮겨 이번에는 오른쪽 다리의 각 부분에 의식을 집중해보자. 발목, 정강이, 종아리, 무릎, 허벅지의 긴장을 푼다.

❷ 그다음에는 왼쪽 발바닥으로 가보자. 발바닥에서 시작해 발등, 발목, 정강이, 종아리, 무릎, 허벅지로 차근차근 올라간다. 골반에 의식을 집중해보자. 골반이 커다란 그릇이라고 생각해보자. 사타구니와 엉덩이의 긴장을 푼다. 골반의 빈 공간에 의식을 집중하고 그 공간을 의식의 빛으로 채운다고 상상해보자.

❸ 배꼽과 명치 사이로 의식을 옮겨보자. 앞쪽의 배뿐만 아니라 뒤쪽 허리도 느껴보자. 그 부위를 의식의 빛으로 채워보자.

❹ 마지막으로 의식을 가슴 윗부분으로 옮겨 목 아랫부분까지 올라가보자. 심장 주위에 집중하며 아픈 곳이나 답답한 곳이 있는지 찾아보자. 등 윗부분의 양쪽 어깨 사이 공간도 똑같이 느껴보자. 긴장한 곳이 있으면 긴장이 풀어질 때까지 의식을 집중해보자.

❺ 이 과정을 오른손에서부터 어깨까지 똑같이 해보자. 그런다음 왼손에서 시작해 어깨까지 똑같이 반복한다. 목 아래쪽에서 시작해 턱밑까지, 뒷목 아래쪽에서 시작해 뒷머리 아랫부분까지도 의식으로 스캔해보자.

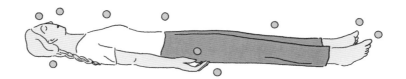

◯ 머리부터 발끝까지 의식을 집중해서 긴장을 풀자.

❻ 이제 얼굴을 의식으로 살피며 얼굴의 긴장을 풀어보자. 의식을 집중할 때 얼굴 표면이 찌릿해지는 것을 느껴보자. 눈의 긴장을 풀고 눈 안쪽 공간을 느껴보자. 혹시라도 긴장한 곳이 있으면 긴장을 푼다. 코의 긴장을 푼다. 턱과 입술의 긴장도 푼다. 마지막으로 혀의 긴장을 풀면서 혀가 입안에서 부드럽게 접히는 것을 느껴보자. 입안에 에너지가 채워지고 잇몸이 찌릿해지는 것을 느낄 것이다.

몸의 거의 모든 부위를 살피며 긴장을 푸는 과정은 치유와 재생의 효과를 발휘할 것이다. 어떻게든 몸의 각 부위가 충전되고 아주 편안해진다. 마음이 풀리고, 눈물이 양쪽 뺨을 타고 흘러내릴지도 모른다. 가슴과 머리가 다시 안정을 되찾음에 따라 인지적으로나 정서적으로 세세한 것들을 꿰뚫어 보고 세세하게 조정해 나가는 것을 놀랍도록 빠르게 알 수 있다. 그렇게 몸과 마음에서 저절로 치유 과정이 일어나도록 가만있으면 된다.

조금만 연습하면 각자의 치유 시스템이 알아서 작동하는 것을 느낄 수 있다. 혈액이 필요한 곳에 제대로 공급될 수 있도록 혈액의 흐름을 조절한다. 놀랍게도 몸의 정렬을 위해 일부 뼈와 근육이 저절로 움직이기도 한다. 관절이 제자리로 돌아오고, 뭉쳐 있던 근육이 알아서 풀린다. 정말이지 말로 표현할 수 없이 미묘하게 팔다리의 위치가 조정된다. 이런 일이 일어나면 척추와 다리가 자라서 더 길어진 것처럼 느낄 수도 있다.

이제 우리 뇌가 각별히 주의를 기울이면 몸이 알아서 바르게 정렬될 수 있다는 것을 확인했다. 몸이 정렬되면 정신도 맑고 평온해진다. 이로써 우리는 자신의 능력을 깨닫는 긴 여정에서 또 한 걸음 내딛게 된다.

와선 자세에서 호흡하기

준비 호흡 : 몸과 마음을 해독하고 정화하기

와선에 대해 지금부터 설명하는 내용은 정통 요가 수행과는 조금 다르다. 전통적으로 시체 자세에서는 따로 호흡 훈련을 하지 않는다. 하지만 우리의 목적은 와선을 배우는 데 있으니 시체 자세로 준비 호흡과 복식 호흡을 하고 대의심을 일으키는 참선 훈련을 할 것이다.

와선은 눈을 감고 한다. 참선 자세 가운데 유일하게 와선을 할 때만 눈을 감는다. 다른 자세로 참선할 때는 어떤 환경에서든 눈을 뜨고 있어야 한다.

❶ 코로 숨을 들이쉬어 흉강(목과 가로막 사이의 부분)을 부드럽게 채운다. 중력에 맞서야 하므로 가슴을 최대한 부풀리지

않아도 된다. 몸을 긴장시키지 않는 범위에서 최대한 숨을 들이쉬면 된다.

❷ 그런 다음 약간 불편해질 때까지 숨을 참는다.

❸ 입으로 부드럽게 숨을 내쉬며 가슴 표면이 중력에 이끌려 아래로 내려오는 것을 느껴보자.

❹ 이 과정을 세 번 반복한 다음 복식 호흡에 들어간다.

복식 호흡 : 참선의 주된 호흡법

❶ 코로 천천히 부드럽게 숨을 들이쉬면서 배 안에 공기가 채워진다는 느낌으로 배를 바깥쪽으로 내민다. 들숨에 걸리는 시간은 약 2~3초가 적당하다.

❷ 배가 80퍼센트 정도 찬 것 같으면 숨을 2~3초간 멈춘다.

❸ 공기를 밖으로 짜내듯 배를 척추 쪽으로 끌어당기며 코로 더 천천히 숨을 내쉰다. 날숨은 약 3~4초가 적당하다.

숨을 들이마실 때마다 우주의 모든 생명 에너지 혹은 기를 단전으로 끌어당긴다고 상상하자. 기 에너지가 몸을 가득 채워 세포를 흠뻑 적시고 골수까지 스며든다고 상상해보자. 몸에 있는 세포 하나하나가 전부 기 에너지로 깨끗이 씻기고 활기가 생겨 치유되고 원기를 회복하게 된다. 와선의 가장 큰 장점은 자세를 유지하기 위해 굳이 근육을 쓰지 않아도 된다는 점임을 기억하자. 몸을 완전히 내맡긴 채 평화로운 상태가 되도록 한다.

하지만 누워서 복식 호흡을 하려면 중력에 맞서야 하기 때문에 다른 자세보다 더 많이 노력해야 한다. 그럼에도 호흡을 매우 부드럽게 해서 아랫배가 고르게 오르락내리락하게 해야 한다. 물속에서 숨을 쉬고 있다고 상상해보자. 초보자들의 경우 두 손을 포개서 아랫배 위에 올리고 복식 호흡을 하면 배가 위아래로 움직이는 것이 느껴져 호흡을 올바르게 하고 있는지 알 수 있을 것이다.

생각 조절

"이뭣고?"와 대의심

계속해서 복식 호흡을 하되 숨을 내쉴 때 속으로 "이뭣고?"라고 하며 대의심을 일으킨다. 부정적인 생각이나 감정, 괴로운 기억들이 떠오를 수 있다. 실망할 것 없다. 저항할 필요도 없다. 그런 생각과 감정, 이미지가 지나가게 둔 채 계속해서 의식을 되돌려 "이뭣고?"에 집중해야 한다. 인내심을 갖고 끈질기게 이 질문으로 돌아와야 한다. 그러면서 몸에 긴장한 부분이 있으면 긴장을 푼다. "이뭣고?"를 하면서 호흡을 최대한 부드럽고 규칙적으로 유지하며 대의심을 일으킨다.

복식 호흡과 함께 반복해서 "이뭣고?"라고 스스로에게 질문을 던짐으로써 의심 상태를 만들고 유지하며 점점 더 확대해나간다. 숨을 내쉬며 "이뭣고?"라고 화두를 던질 때마다 파동이 일어나듯 대의심이 퍼져나간다. 마치 우리 아랫배 속에 있는 종이 울려서 그 반향이 몸 전체로 퍼지는 듯한 느낌이다. 와선하는 동안 긴장을 풀고 편안하게 이 특별한 기분을 즐길 수 있다.

와선 마무리하기
시체 자세 마무리하기

❶ 와선을 끝냈으면 손목과 발목을 좌우로 흔들어보자.

❷ 머리도 양옆으로 돌려보자.

❸ 오른쪽 팔을 접어 베개처럼 얼굴에 대고 몸을 오른쪽으로 살짝 굴려보자.

❹ 왼쪽 손바닥으로 바닥을 딛고 몸을 일으킨다.

❺ 천천히 가부좌 자세를 하고 앉아 잠시 참선을 한다.

❻ 숨을 내쉴 때마다 "이뭣고?"를 읊조리며 대의심을 일으킨다. 몸과 마음이 다시 기민해져 활동할 준비가 되게 한다.

❼ 몸과 마음이 완전히 깨어 균형을 찾고 준비가 되면 일어나서 하루를 맞이한다.

누구에게나 신체적·정신적 한계가 있다. 현명한 사람은 참선을 할 때 자신의 한계를 겸허히 받아들이고, 한계와 맞서 싸우는 대신 그와 더불어 수행을 해나간다. 운동을 처음 시작한 사람이 헬스클럽에 들어가자마자 가장 무거운 역기 들기부터 시작하지 않는 것처럼 참선도 마찬가지다. 올바른 자세와 호흡, "이뭣고?"에 정신을 집중하는 법 등 기본을 먼저 익히지 않고 곧장 가장 높은 수준의 참선 수행에 들어가는 사람은 없다. 운동이든 참선이든 시간을 들여 천천히 힘을 키우는 것이 중요하다.

그러니 인생의 어느 시점에 혹은 하루가 저물 때 머리도 가슴도 몸도 다 지치는 순간이 있다면 언제든 누워서 참선할 수 있다는 사실을 잊지 말자.

취침 전후에 하는 와선

잠자기 전

잠들기 전에 참선을 할 때에는 평소보다 좀 더 가볍게 속으로 "이뭣고?"를 읊조린다. 정신적·정서적으로 집중할 때 반드시 근육이 긴장해야 하는 것은 아님을 기억하자. 얼굴을 포함해 몸 전체의 긴장을 푼 상태에서 차분하고 분명하게 "이뭣고?"를 되뇐다. 잠들기 전까지 계속 이렇게 한다.

잠에서 깰 때

밤에 잠을 푹 자고 일어났을 때 혹은 낮잠에서 깼을 때 어리둥절하고 몽롱한 상태로 곧장 일어나 세상으로 뛰어들기보다는 올바른 와선 자세를 취하고 2~3분만이라도 참선을 해보자. 단 1분도 괜찮다. 이렇게 해보면 와선이 잠에서 완전히 깨는, 훨씬 기분 좋고 건강한 방법임을 알게 될 것이다.

육체적·정서적 회복을 돕는 와선

와선은 아파서 누워 있을 때도 해볼 수 있다. 독감에 걸렸든 발목을 삐었든 몸져누워 있으면 시간을 때울 방법을 찾게 된다. 그래서 텔레비전을 보거나 책을 읽기도 하고, 인터넷 서핑을 하거나 휴대전화로 문자 메시지를 주고받기도 한다. 침대에서 노트북으로 일을 마무리하려 할지도 모른다.

그런데 몸이 아플 때 이런 식으로 보내면 몸이 더욱 지친다는 문제가 있다. 아파서 침대에 누워 있을 때 아무것도 하지 않는 것처럼 느껴지겠지만 사실 우리 몸과 마음은 모든 자원을 동원해 엄청난 에너지를 소비하며 세균과 바이러스를 제거하고 손상된 조직을 치유하는 중이다. 따라서 외부 환경에 집중하며 에너지를 소비할 때가 아닌 것이다.

그러니 아파서 누워 있을 때는 참선을 하는 편이 훨씬 낫다. 특히 오한이나 통증, 발한으로 이를 악물게 되거나 기침, 재채기 등의 증상으로 고통스러울 때 긴장을 완전히 풀지는 못하더라도 "이뭣고?" 화두를 들고 우리의 의식을 그 근원으로 돌려보자. 그러면 우리의 의식이 질병의 고통으로부터 멀어지는 것을 느낄 것이다. 의식이 그 근원으로 더 깊이 들어갈수록 모든 아픔과 고통이 저 멀리에서 일어나는 소란처럼 느껴질 것이다.

날카로운 아픔이 잦아들어 마음의 평정을 되찾고 회복에 대한 자신감도 생길 것이다. 아파서 누워 있다는 데 대한 불만이 사라지고 몸이 좋아지고 있다는 것을 알게 될 것이다. 그렇게 참선을 통해 산만하고 불안한 생각을 누그러뜨리고, 치유라는 목적을 위해 몸과 마음을 정비하게 된다.

비슷한 맥락에서 슬픔이나 가슴 아픈 충격 혹은 우울함으로 완전히 지치거나 어떻게 해야 할지 몰라 무력감을 느낄 때에도 누워서 참선을 하면 좋다. 의식을 흐트러뜨리지 않고 "이뭣고?"에 집중하면서 계속해서 대의심을 일으키면 파도처럼 일어나는 감정과 이미지, 생각이 그냥 흘러가게 둘 수 있다. 겨울나무를 스쳐 지나가는 바람처럼 말이다. 두 눈에서 눈물이 흐르고 울음이 터질 수도 있다. 그럴 때에는 몸을 옆으로 돌려 울어도 된다. 펑펑 울고 눈물이 잦아들면 다시 시체 자세로 바르게 누워 몸이 편안하게 이완되고 가슴이 풀릴 때까지 참선을 해보자. 언제나 스스로에게 너그러

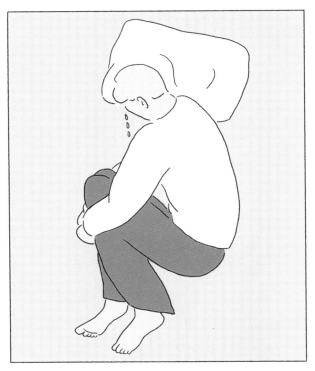

와선을 하다가 두 눈에서 눈물이 흐르고 울음이 터진다면
몸을 옆으로 돌려 울어도 된다.

위야 한다. 괴로운 감정을 당장에 떨쳐내지 못한다고 좌절하지 말자. 곧바로 느껴지지 않겠지만 결국에는 기억과 아픔, 눈물까지도 다 흘려보내고 다시 일상으로 돌아오게 된다. 그때까지는 자신의 몸과 마음을 사랑과 지혜로 보살펴야 한다.

참선 수행을 제대로 하고 있는지 어떻게 알 수 있을까?

참선을 처음 시작하는 사람들이 가장 흔히 하는 말이 있다. "제가 잘하고 있는지 모르겠어요. 그냥 기계적으로 "이뭣고?"만 계속 반복하는 것 같아요. 정말로 '대의심'이라는 것을 느끼고 있는 것 같지 않고, 솔직히 말하면 '대의심'이 뭔지도 이해가 잘 안 돼요."

이런 반응을 보이는 건 충분히 이해한다. 사실 나도 참선을 처음 시작했을 때 똑같이 느꼈다.

참선 초보자에게 가장 중요한 것은 올바른 자세와 복식 호흡, "이뭣고?" 화두 던지기를 할 때 몸과 마음에서 일어나는 미묘한 변화를 알아차리는 법을 배우는 일이다. 그 미묘한 변화를 알아차릴 수 있으면 참선을 정확하게 하고 있는지도 알게 된다.

이제 그 미묘한 변화를 알아보자. 우선 앉아 있든 서 있든 누워 있든 아니면 걷는 중이든 등을 곧게 펴고 올바른 참선 자세를 취할 때에는 마음에 일어나는 변화에 주목해야 한다. 등을 곧게 펴기만 해도 바로 그 순간 조금 전보다 머리가 더 맑아지는 걸 느낄 것이다.

정말 그런지 몇 번만 시도해보자. 먼저 구부정한 자세를 하고 그 자세가 뇌에 어떤 영향을 미치는지 보자. 마치 누군가 머릿속에 있는 조명의 밝기를 낮춘 것처럼 흐릿한 기분이 느껴질 것이다. 이제 등을 곧게 펴고 머리의 느낌이 어떤지 보자. 아마도 누군가 머릿속에 있는 조명을 더 밝게 한 것처럼 머릿속이 환해지는 것을 느낄 것이다. 정신이 더 초롱초롱하고 깨어 있는 것이 느껴진다. 한마디로 더 명징해진 기분이 든다. 그런 것을 보면 등을 곧게 펴는 자세가 얼마나 중요한지 알게 된다.

이제 준비 호흡을 세 번 한 다음 몸과 마음에 일어나는 변화를 잠시 동안 가만히 살펴보자. 몸에서 다시 활기가 생기는 것이 느껴지고 상쾌한 기분이 든다. 정신적으로는 전보다 머리가 맑아진 느낌이다.

이제 "이뭣고?" 화두를 던지지 말고 복식 호흡만 해보자. 복식 호흡을 할 때 마음 상태가 어떻게 달라지는지 주목해보자. 이것이 참선하는 법을 이해하는 데 가장 중요한 요소다.

우리가 복식 호흡을 하면 마음에서 일부 심리학자들이 '의식의 내면화' 혹은 '의식의 내부화'라고 부르는 변화가 일어난다. 이는 복식 호흡을 할 때 의식이 우리를 둘러싼 물리적 환경에서 우리가 보고 듣고 냄새 맡고 맛보고 느끼는 것들에 대한 관심을 서서히 멈춘다는 뜻이다.

그 대신 우리의 심신 안에서 일어나는 일에 주의를 기울이기 시작한다. 신체 내부와 피부의 물리적 감각을 훨씬 더 선명하게 느낀다. 마음속의 생각과 이미지도 훨씬 더 명확하게 의식한다. 머릿속에서 들려오는 내면의 목소리도 전보다 더 잘 느껴질 것이다.

하지만 몸과 마음에서 일어나는 이 모든 작용에 신경 쓰지 말고 복식 호흡을 계속하자. 복식 호흡을 하면서 서서히 호흡을 더 부드럽고 고요하게 그리고 더 길게 하려고 해보자.

시간은 좀 걸리겠지만 결국은 몸과 마음이 차분해질 것이다. 그러고 나면 아주 놀라운 일이 벌어진다. '우리가 우리 몸 안에 들어가 있는' 느낌이 들기 시작한다. 마치 우주복을 입은 우주인처럼 우리 몸 안에 '진짜 나'가 있다는 느낌이 들기 시작한다.

이것이 핵심이다. '나의' 몸 안에 그것과 별개인 '나'라고 부르는 어떤 것이 있다는, 놀랍지만 지극히 정상적인 느낌을 직접 경험해야 한다. 왜 그런지는 몰라도 '나'는 우주인이 우주복 안에 들어가 있는 것처럼 나의 몸 안에 들어가 있는 것이다. 어떻게 지금껏 살아오면서 이걸 몰랐을까? 어떻게 이런 일이 가능할 수 있을까? 어떻게 '내'가 내 몸과 분리될 수 있을까? 이 시점에서는 이런 의문들이 자연스럽게 일어난다.

이제 '의식의 내면화'라는 이 낯선 상태에 대해 좀 더 알아보자.

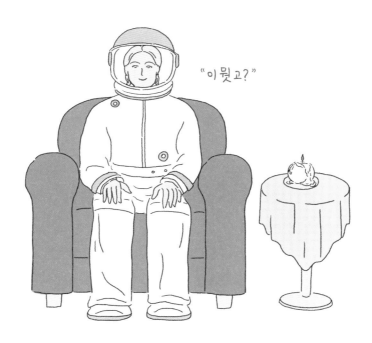

"이뭣고?"

복식 호흡을 하다 보면 마치 우주복을 입은 우주인처럼
우리 몸 안에 진짜 '나'가 있다는 느낌이 든다.

자세히 관찰해보면 이 '나'라는 것이 정말로 몸 안에 들어 있는 것처럼 느껴진다는 걸 알 수 있다. 하지만 '그것'은 형태가 없어서 우리가 '그' 윤곽을 찾을 수 없는 것처럼 느껴진다. 우리가 알 수 있는 건 이 '나'라는 존재가 피부 밖으로 나갈 것 같지는 않다는 것이다.

그리고 혹시라도 MRI(자기공명영상) 장치로 검사를 하더라도 '나'라는 이것, 그러니까 몸이라는 우주복을 입은 유령 같은 존재는 보이지 않을 것이라는 사실도 안다. 따라서 이때 세상에서 가장 자연스러운 행동은 스스로에게 묻는 것이다. "이게 뭐지? 내 몸 안에 '나'라는 것이 있다는 이 느낌은 대체 무엇일까?" 다시 말하면 "이뭣고?"다.

"이뭣고?"라는 물음은 심신이 차분해졌을 때 우리 몸과 마음이 자연스럽게 느끼는 것에 대해 당연히 일어나는 반응이다. 다시 말하면 "이뭣고?"는 인간으로 존재하는 경험, 즉 인간의 몸 안에 인간의 정신으로 존재하는 느낌에 대한 자동적인 반응이다.

"이뭣고?"라는 질문을 진실로 이해하고 솔직하게 물을 수 있으려면 '의식의 내면화'에 성공해야 한다. 이는 내 몸이라는 우주복을 입은 존재를 느끼는 경험을 할 수 있을 만큼 심신이 차분하고 고요해질 때까지 정확한 자세와 복식 호흡을 연습해야 한다는 뜻이다.

대의심은 그저 그 우주복 안에 있는 '나'라는 존재가 누구인지 혹은 무엇인지를 알고 싶어하는 마음 상태다. 자연스럽게 생기는 당연한 호기심이라는 이야기다. 우리가 계속 내면을 들여다보며 그 안에 있는 '나'를 발견하려고 하는 이유는 궁금하기 때문이다. 정말로 흥미로운 사실은, 우리가 침착하게 우리의 의식을 내면으로 돌리면 심신이 치유되고 숨어 있던 잠재력이 깨어난다는 점이다. 정신적 시선은 그토록 놀라운 힘을 발휘한다.

당장 시도해보자. 척추를 곧게 세운다. 어깨의 힘을 뺀다. 목과 얼굴에서도 편안하게 긴장을 푼다. 아주 가볍고 부드럽게 3~5분간 복식 호흡을 한다. 어느 순간 의식의 내면화가 일어나 불현듯 우주복을 입은 우주인처럼 느껴질 것이다. 그러면 이제 호기심을 담아 질문을 던지기만 하면 된다. "이뭣고? 이 물질적인 몸 안에 있는 이것은 무엇인가?"

어떤가?

"이뭣고?"는 생각했던 것만큼 그렇게 어렵지 않다. 예전에 선불교에서는 "이뭣고?"를 가르칠 때 전통 시의 형태로 알려주었다.

유일물어차 有一物於此
여기 한 물건이 있으니

상재동용중 常在動用中
항상 움직이고 쓰는 (육체적·정신적 작용) 가운데 있되

동용중수부득動用中收不得

움직여 쓰는 (육체적·정신적 작용) 가운데서 얻으려 하면 얻지 못하니

시심마是甚麼

이것이 무엇인고

내 생각에 이 시는 인간 존재에 관한 관념적인 철학이나 이론을 보여주는 것이 아니다. 그렇다고 현자들만 이해하는 신비주의 시이거나 난해한 가르침도 아니다. 불교 교리나 다른 종교와도 아무 관련이 없다.

나는 이 시가 단순히 살아 있는 인간 존재를 느낀다는 것이 얼마나 기묘한지를 묘사하고 있다고 생각한다. 이 시는 인간의 몸과 마음이 차분해지고 의식이 내면화할 때, 그리고 잠시 우리의 정신이 우리 몸 안에 들어가 있는 것 같은 상태를 인식할 때 경험하는 느낌을 압축적으로 솔직하게 표현한다. 정말로 여러 가지 생리적·심리적 기능 안에 '한 물건'이 있는 것 같다. 하지만 아무리 열심히 노력해도 그 '한 물건'이 무엇인지는 확실히 알 수가 없다. 따라서 "이뭣고?"를 배울 때 사용하는 이 시는 인간이라는 존재의 미스터리를 객관적으로 묘사한 것일 뿐이다. 이 지구상에 인간으로 존재한다는 그 느낌에 대해 말이다.

더 행복해지고 더 건강해지기를 바란다면 "이뭣고?"라는 질문을 포기하지 말고 내 몸 안에 있는 '나'와 연결되려고 계속해서 노력해보자. 스스로를 더 잘 이해하고 통제할 수 있게 되어 덜 괴로워진다. 또한 더 빨리 성숙하고 발전하여 결국에는 당장 이 자리에서 생기와 아름다움, 기쁨으로 가슴이 차오르는 것을 느낄 수 있다.

3부

참선으로
생활 습관
바꾸는 법

나만의
참선방
만들기

집 안에 나만의 고요한 공간 만들기

매일 참선을 하기로 결심했다면 가장 먼저 할 일은 집 안에 참선을 위한 공간을 따로 마련하는 것이다. 남는 방이 있으면 가장 좋다. 방 안에 있는 물건을 치우기만 하면 된다. 가구와 물건을 옮기고 벽에 걸린 그림이나 사진도 떼어낸다. 처음 시작할 때에는 되도록 방에 아무것도 없는 것이 좋다.

그런 다음 방 한가운데 혹은 정중앙에 가깝게 방석이나 의자를 놓는다. 가능하면 방 안에 의자나 방석 외에는 아무것도 없어야 하고, 빈 벽을 바라보도록 놓는 것이 가장 좋다. 방석이나 의자 뒤에 공간이 남는다면 참선에 들어가기 전에 요가 매트를 깔고 스트레칭을 해도 좋다. 매트나 의자 옆에 작은 알람시계를 준비해도 된다.

매트나 의자 근처에는 마음에 드는 초나 향을 놓아도 좋다. 참선할 때마다 향을 피우는 것은 좋은 습관이다. 그 향이 마음을 진정시켜준다. 시간이 흐르면 참선하는 자리는 물론 그 공간 전체에 향이 배는데, 그러면 그 방에 들어가거나 그 앞을 지나가기만 해도 향 냄새 때문에 참선을 해야겠다는 생각이 든다. 그 향으로 인해 전에 그 공간에서 참선했던 기억들이 되살아나면서 참선을 더 깊이 경험하게 된다.

남는 방이 없어도 걱정할 필요 없다. 조용한 구석 자리나 아무것도 걸려 있지 않은 벽 앞 혹은 전망 좋은 창문 앞에 의자를 두면 된다. 창밖으로 자동차나 사람들이 지나가는 것이 신경 쓰이면 커튼을 치거나 블라인드를 내리면 된다.

방 전체를 사용하든 일부만 사용하든 그곳이 참선을 위한 공간임을 기억하고 경건한 마음으로 항상 깨끗하고 깔끔하게 관리한다. 거기에 다른 물건을 쌓아두면 안 된다. 참선용 의자나 방석은 사용하지 않을 때도 그 위에 옷이나 다른 물건을 올려두지 말아야한다.

시간이 흐를수록 그 공간이 우리 마음과 우리 삶에 매우 중요한 의미를 갖게 될 것이다. 작은 노력과 최소한의 비용으로 집 안에 자기만의 참선 공간이 생기는 것이다.

혼자서 참선을 하다 보면 영감을 주는 이미지나 문구로 공간을 꾸미고 싶어질 수도 있다. 그렇더라도 자기만의 참선 공간을 상징적인 물건들로 너무 과하게 장식할 필요는 없다. 오히려 집중에 방해가 될 수 있다.

참선 공간은 우리 의식을 내면으로 돌리기 위한 곳임을 기억하자. 우리가 참선을 통해 궁극적으로 이루고자 하는 것은 심신의 미묘한 작용에 휘둘리지 않고 의식의 근원을 향해 내면으로 깊이 파

참선 공간은 우리 의식을 내면으로 돌리기 위한 곳임을 기억하자.

고드는 것이다. 그러니 주변에 이런저런 물건들을 두어 의식이 곁에서 맴돌거나 부차적인 것들에 신경쓰이게 하지 말자. 자기만의 참선 공간을 만들 때는 단순함과 단정함이 가장 중요하다.

일터에 업무 수행력을 향상시키고
나를 보호하는 공간 마련하기

일하는 곳에도 참선 공간을 마련하면 좋다. 가장 쉬운 방법은 의자를 이용하는 것이다. 만약 개인 사무실이나 칸막이로 가려진 공간이 있다면 그곳을 가능한 한 깔끔하게 정돈해서 사용해보자. 이때 좋아하는 영적인 이미지나 경구 같은 것을 책상이나 벽에 붙인 다음 필요할 때 문을 닫고 참선을 하면 된다.

하지만 독립된 업무 공간이 따로 없다면 문제가 된다. 개방형 사무실에서 일하고 있거나 육체노동 혹은 여러 곳을 방문하는 일을 해서 계속 움직여야 한다면 줄곧 누군가가 곁에 있으니 자기 자리에서 혼자만의 시간을 갖는 것은 거의 불가능하다. 그런 경우에는 혼자 있을 수 있는 다른 공간을 찾아야 한다.

일단 주변부터 살펴보자. 옥상에 올라가 입선이나 행선을 할 수도 있고, 라운지나 카페테리아에 조용히 앉아 참선을 할 수도 있다. 건물 밖 도로에 있는 벤치도 좋다. 계속 이동하며 일을 한다면 대중교통을 이용하는 동안 참선을 할 수도 있다.

직장에서 방해받지 않고 참선할 공간을 찾을 때 조용하거나 산만하지 않은 곳만 찾으려고 해서는 안 된다. 우리가 사는 거의 모든 도시 환경에는 늘 소음과 부산스러운 광경이 있게 마련이다. 그러니 그런 것들이 전혀 없는 공간을 찾기보다는 우리가 별로 신경쓰지 않고 방해받지 않을 만한 장소를 찾아야 한다. 공공장소에서 꼿꼿한 자세로 앉아 천 리 밖을 내다보는 눈빛을 하고 있으면 당연히 사람들이 처다보기 시작할 것이고, 그중 몇 명은 지금 뭘 하느냐고 물어볼 수도 있다. 그런 관심을 원치 않는다면 좀 더 현명한 방법을 찾아야 한다. 예를 들면 음악을 듣지 않더라도 귀에 이어폰을 꽂고 앉아 있거나 아무것도 쓰여 있지 않은 노트를 앞에 펼쳐놓는 것이다. 아무 소리도 나지 않는 이어폰을 끼고 빈 노트를 바라보는 자세는 다른 사람들의 접근을 막고 자연스럽게 참선에 몰입할 수 있는 좋은 방법이다.

2

직장에서
참선하기

사무실에서

어렸을 때 성격 형성에 가장 중요한 경험을 제공하는 곳이 가정과 학교라면, 어른이 된 뒤에 가장 큰 영향을 미치는 곳은 당연히 직장이다. 우리가 일하는 곳은 우리의 성격과 사람을 대하는 방식, 다른 사람들에 대한 인식이 만들어지고 견고해지는 시련의 장이다.

일을 하다 보면 끊임없이 압박에 시달린다. 일의 우선순위를 정해야 하고, 삶의 목표를 설정해야 하며, 목표 달성 과정에서 다른 누군가에게 피해를 입힐 가능성이 있다면 그에 대한 도덕적 기준도 세워야 한다. 또한 우리가 하는 일에 어떤 의미를 부여할 것인지도 선택해야 한다. 그러다 보면 주변 사람들과 경쟁하는 동시에 협력해야 하는, 극심한 사회적 모순에 대응하려고 끊임없이 노력하는 자신을 발견하게 된다.

그러나 현대의 업무 환경이 매우 빠른 속도로 움직이다 보니, 아무 생각 없이 반응하고 결정할 때가 많다. 어리고 미숙하던 때에 형성된 무의식적인 사고방식과 습관적인 행동에 의지하는 것이다. 그러나 과거의 이런 습관들은 현재의 상황에 대처하기에는 부적절하거나 불충분할 때가 많다. 이보다 더 안 좋은 것은 업무 스트레스가 너무 심하다 보니 사람을 대하는 방식이나 일하는 습관이 신중한 검토를 거쳐 형성되는 것이 아니라 분노와 두려움, 원망과 불안 같은 대단히 부정적이고 괴로운 감정에 대한 충동적인 반응으로 생긴다는 점이다. 이런 감정들은 우리의 말투와 걸음걸이, 사람을 보는 시선은 물론이고 일하는 방식에까지 영향을 미친다. 가장 안타까운 사실은 그런 점들이 다른 사람들이 우리를 어떻게 인식하고, 우리에게 어떻게 반응하며, 궁극적으로 우리를 어떻게 판단할지를 결정한다는 것이다. 이런 측면에서 보면 현대의 직장보다 더 절실하고 명백하게 참선을 필요로 하는 곳은 없다.

하지만 여러 사람이 모이는 직장에서 참선을 한다는 것은 만만치 않은 도전이다. 나를 비롯하여 많은 이들이 사찰이라는 수행 환경에서도 방석에 앉아 있는 상태가 아니면 참선을 활용하지 못하는 모습을 숱하게 보았다. 마치 한 사람이 아니라 완전히 다른 두 사람인 것처럼 말이다. 앉아서 참선할 때는 평화롭고 너그럽고 근엄한 사람이 방석에서 일어나 사회로 나가 일을 시작하면 다시 예전 습관으로 돌아가는 것이다. 수행을 오래 한 스님들도 마찬가지다. 본능적인 욕구와 충동을 극복하며 잠을 안 자고, 단식을 하고, 혼자 살면서 아주 오랫동안 묵언 수행을 할 수 있는 스님들조차 다른 사람들과 소통하고 협력해야 하는 상황에서는 변덕스럽고 충동적인 모습을 보이곤 했다. 참선 수행자들에게는 잠을 못 자고, 음식을 못 먹고, 사람들과 어울리지 못하는 어려움보다도 다른 사람들과의 의견 충돌이나 갈등이 더 큰 걸림돌이다.

집중과 휴식은 사실 하나다

직장에서 참선할 때 가장 먼저 해야 할 일은 업무와 휴식 사이의 경계를 없애는 것이다. 일과 휴식이 상호 배타적인 생활 방식이 될 필요는 없다. 그보다는 일과 휴식이 동전의 양면과 같다는 것을 경험으로 배우고 확인해야 한다. 제대로 집중한 상태, 효과적으로 강력하게 집중한 상태는 진정한 휴식이 되기도 한다. 집중을 하든 편안하게 휴식을 취하든 정신적으로나 육체적으로 근육의 긴장과 이완이 적절히 균형을 이루고, 정서적으로 차분하며, 정신이 명료한 것은 매한가지다.

실제로 일을 하려고 준비하는 중이든 일을 하는 중이든, 아니면 일을 하다 잠깐 쉬는 중이든 몸과 마음을 다스리는 방법은 같다. 이것은 에너지 소비와 보존에 관한 혁명적이고 독특한 접근 방식이므로 다시 한 번 강조하고 싶다. **일할 준비를 하고 있든 일을 하는 중이든 일을 하다 휴식을 취하는 중이든 똑같이 하면 된다!**

직장 생활에 참선을 적용하면 우리의 업무 경험이 완전히 획기적으로 바뀔 뿐만 아니라, 우리의 행동과 결정으로 인한 결과까지도 부정적인 것에서 긍정적인 것으로 전환될 수 있다. 이제 우리는 참선을 활용할 기회를 전략적으로 찾아내는 법을 배우기만 하면 된다.

근무 중에 참선하기

실제로 업무 중에 어떻게 참선을 할 수 있는지 구체적으로 살펴보자. 가령 회의를 하고 있는데 누군가가 기분 상하는 말을 했다고 가정해보자. 그 순간 의자에 앉은 채로 척추를 곧추세우고 턱을 뒤로 당긴 다음 손을 자연스럽게 단전 근처에 놓자. 의식을 단전에 집중하는 것이다. 그렇게 한 뒤 천천히 복식 호흡을 하면서 마음속으로 "이뭣고?"를 읊조려보자. 몇 번 반복하다 보면 불쾌했던 감정과 생각에서 빠져나오게 된다.

컴퓨터 앞에서 일을 할 때 지치고 피곤하면 일을 하기가 싫고 모니터 속의 내용도 눈에 잘 들어오지 않는다. 커피를 마시러 나가거나 인터넷 서핑을 하는 대신 자리에 앉은 채로 참선을 해보자. 바퀴 달린 의자에 앉아 있다면 미끄러지지 않도록 두 발을 바닥에 단단히 붙이고 참선에 들어가자. 턱은 당기고 등은 곧게 세우고 두 손은 허벅지에 올려놓고 화두를 들고 복식 호흡을 하며 참선을 시작한다.

직장에서 참선을 할 때에는 오래 하지 않아도 괜찮다. 때에 따라서는 단 한 번의 복식 호흡만으로도 마음을 돌려놓을 수 있다. 그것만으로 긴장이 풀려 몸과 마음이 편안해지고 감정도 진정이 된다.

직장에서 업무 보고를 하는데 동료들이 귀 기울이지 않고 우호적이지도 않다면 더 이상 말하고 싶지 않을 것이다. 그런 감정으로는 제대로 된 보고를 할 수가 없다. 그럴 때는 잠시 말을 멈춘 다음 턱을 당기고 척추를 세운 상태에서 복식 호흡을 한다. 주변에서 눈치채지 못하도록, 마치 생각을 정리하는 것처럼 말이다. 그렇게 하고 나면 정신이 맑아지고 부정적인 생각과 감정들도 사라져 업무 보고를 무사히 마칠 수 있을 것이다.

엘리베이터에서 싫은 사람과 마주쳤을 때도 감정적으로 반응하지 말고 미소를 지으며 선 채로 참선해보자. 내릴 때면 기분이 한결 좋아져 있을 것이다. 걸어다닐 때도 참선을 할 수 있다.

이렇게 일과 중에 참선을 하다 보면 자기만의 방법을 찾게 된다. 서류를 보면서, 컴퓨터를 하면서, 때로는 커피를 마시면서 참선하는 습관을 들이다 보면 어느 날부터는 업무 중에도 저절로 화두를 들게 된다.

바로 지금, 여기에서 참선

참선의 가장 큰 이점이 바로 여기에 있다. 명상을 가르치는 일반적인 단체들은 대개 단계별 과정을 개설하여 하나의 수행 방식에서 다른 방식으로, 하나의 목표에서 다른 목표로 옮겨간다. 예를 들어 자비심을 키우는 과정, 감사하는 마음을 가지기 위한 과정, 또는 자신감을 키우기 위한 과정이 각각 개설되어 있을 수 있다.

이런 식으로 하나의 전통 안에서 완전히 다른 수행 방법들을 사용해 다양한 윤리적·영적 가치를 함양하기도 한다.

그렇게 새로운 수행법을 시도하는 것에 재미를 느끼고, 이전 단계를 수료하고 다음 단계로 넘어가는 데서 성취감을 느낄 수도 있다. 하지만 실생활에서 예측 불가능한 일들이 벌어질 때 그 많은 방법들을 어떻게 활용할 수 있을까?

여러 단계로 나눠 수행하는 방식은 혼잡한 사회생활에 바로 접목시키기에는 너무 불편하고 복잡하다. 정교하고 절차가 계속해서 바뀌는 수행법은 일상의 구체적인 업무에 활용할 수가 없다. 그것이 가장 필요한 곳이 바로 일상생활인데도 말이다.

대부분의 명상 전통이 선불교처럼 일하는 중에도 참선을 해야 한다고 주장하지 않는 이유도 아마 이 때문일 것이다. 대개 다른 명상 전통에 따라 정신 수행을 하려면 평소의 생활환경에서 벗어나 특별한 장소로 가야 한다. 그것이 즐거운 일일 수도 있겠으나 비용이 훨씬 더 많이 든다. 명상 수련회 같은 것에 참가하려면 시간을 따로 내야 하고 돈도 써야 한다. 더 중요한 것은 집이나 직장에 돌아와 애초에 수련회를 가게 했던 스트레스 요인들과 다시 마주해야 한다면 어떻게 할 것인가? 또다시 떠날 것인가? 업무와 관련된 심각한 위기 상황에서 벗어날 수 없다면 어떻게 하겠는가?

한 가지는 확실하다. 지금 있는 자리가 아닌 다른 곳으로 가야만 할 수 있는 명상은 도움이 안 된다. 그러나 참선은 단순하고 간결하며 어떤 상황에도 유연하게 적용할 수 있다. 참선은 방법이 한 가지다. 언제 어디서나 화두를 들고 참선하면 된다. 참선을 하면 가장 짧은 시간 안에 스스로를 노련하게 통제할 수 있게 되는데, 전부 이렇게 화두에 집중하는 한 가지 방법으로 그렇게 되는 것이다.

　프로 테니스 선수들이 시합에 대비해 훈련하는 법도 이와 같다. 테니스를 처음 시작할 때는 공을 치는 몇 가지 간단한 방법을 배운다. 그런 다음 그 동작과 경기 운용 방식이 신경계에 프로그램화될 때까지 수년에 걸쳐 수천 시간 동안 연습에 매진한다. 결국 선수들은 빠른 속도로 코트를 누비면서도 공이 어느 각도로 날아오든 받아칠 수 있게 된다. 무의식과 본능으로 그렇게 될 때까지 연습한 결과다. 실제 경기에서도 이런저런 상황에 대처하기 위해 정해진 규칙을 따르는 게 아니다. 단지 몇 가지 기본적인 타법을 계속해서 창조적으로 변주하는 것뿐이다. 직장 생활에 참선을 적용할 때도 마찬가지다. 처음에는 어색하고 어렵다. 하지만 포기하지 않는다면 테니스 선수들처럼 끊임없는 훈련과 아주 다양한 상황에서의 예행연습을 통해 우리가 생각할 수 있는 모든 상황에서 자세와 호흡을 가다듬고 화두에 집중하는 법을 배울 수 있다. 결과적으로 대의심이 우리의 기본 상태가 되고, 우리는 몸과 마음을 완벽하게 통제할 수 있게 된다.

　끊임없는 기분 전환과 다양성을 추구하는 현대인에게는 한 가지 참선법만 이용하는 것이 처음에는 지루하게 느껴질 수도 있다. 하지만 연습을 거듭하다 보면 한 가지 참선법을 고수하는 것이 실은 삶의 경험을 대단히 풍성하고 다채롭게 만드는 방법임을 알게 된다. 굳이 재미와 흥미를 얻으려고 참선법을 자주 바꿀 필요가 없다. 참선을 하면 우리의 몸과 마음이 꾸준히 진화해 새로운 능력들을 발휘하게 되고, 새로운 통찰력도 생기며, 변함없는 일상 안에서 정신적으로나 신체적으로 전에는 상상할 수 없었던 획기적인 변화를 경험하기 때문이다. 그 결과 수년 혹은 수십 년간 한 가지 참선법을 고수하더라도 우리의 참선 경험은 언제나 새롭고 계속 새로워진다. 우리의 의식이 꾸준히 깊어지고 넓어져 안팎으로 적어도 두 개의 우주를 아우를 정도로 확대된다.

삶과 현실에 대한 경험에 마음을 활짝 여는 것, 이것이 본래 참선의 역할이 아닐까? 그저 참선법에 통달하기 위해 매일 반복적으로 해야 하는 것이 아니라 말이다.

우리가 단순한 참선법을 이용하는 이유는 삶을 즐기기 위해서다. 한 가지 기본적인 참선법으로 삶의 경험이 한없이 깊고 풍부하고 다양해질 수 있다. 인간의 삶에 관한 무한하고 무궁무진한 경험을 하게 된다. 이제 오롯이 자세와 호흡 그리고 "이뭣고?"에 집중하자. 그러면 삶이 제공하는 모든 것을 경험하게 된다.

일을 할 때도 가능한 한 모든 순간에 자세와 호흡, "이뭣고?"를 의식하고 실천해보자. 앉아 있을 때나 서 있을 때, 누워 있을 때나 심지어 걸을 때에도 참선을 해보자. 그러면 참선 수행으로 얻은 모든 혜택과 능력이 업무 성과에 자연스럽게 스며들 것이다.

참선은 진정한 휴식법

이제 일과 휴식, 집중과 이완이 본질적으로 하나라는 것을 되새기면서 매우 중요한 질문 하나를 스스로에게 던져보자.

'직장에 있으면 왜 그렇게 피곤할까?'

솔직히 할 일이 너무 많아서 그런 것은 아니다. 물론 대부분의 사람들이 업무량에 부담을 느낀다. 그러나 우리가 힘든 이유가 일 때문이라는 생각을 잠시 접어보자.

매일같이 종일 쉬지 않고 일하는 사람은 매우 드물다. 언제나 쉴 시간은 있다. 그런데 시간이 나서 막상 쉬려고 하면 어떤 일이 벌어지는가?

쉬어야 할 때에 제대로 쉬지 못한다. 우리의 무의식이 끝없는 생각과 이미지를 만들어내기 때문이다. 대부분 '앞으로 무슨 일이 생길까?' 혹은 '나 모르게 지금 어떤 일이 벌어지고 있는 걸까?' 하는 상상을 한다. 이러한 괴로운 상상들이 마음속에 영화처럼 펼쳐진다. 일을 할 때 우리는 대개 강박관념에 시달리고 부정적인 감정을 경험하기 때문에 이런 어두운 상상은 스트레스를 주는 것이거나

괴로운 상상들이 마음속에 영화처럼 펼쳐진다.

진정한 휴식

현실도피적인 경우가 많다. 그래서 쉬려 할 때조차 머릿속에 펼쳐지는 상상들 때문에 몸이 경직되고 욱신거리고 좀이 쑤신다.

직장에서 휴식을 취하려고 하는 것은 마치 치과 치료를 받으면서 긴장을 풀려고 애쓰는 것과 비슷하다. 머리만 움직이지 않을 뿐 몸의 나머지 부분은 도망치고 싶은 충동을 간신히 억누르며 몸부림치고 있다. 평정심을 유지하려고 노력하지만 대개는 그 경험을 끔찍하게 느낀다.

이제 이것이 신체 에너지 소비에 미치는 영향을 생각해보자. 잠시 휴식을 취하려 할 때도 이렇게 안달하고 걱정하고 마음 졸이고 한숨을 쉰다는 건 자동차 기어를 '주차'에 놓은 채로 가속 페달을 밟는 것과 같다. 그것도 몇 시간씩이나. 딱히 뭘 하는 것도 아니고 어딜 가는 것도 아닌데, 마치 뻥 뚫린 고속도로를 굉음을 내며 내달리는 것과 맞먹을 만큼 연료를 소모하는 것이다. 이것이 바로 직장에서 참선을 하지 않고 휴식을 취하려 할 때 우리 몸에서 벌어지는 일이다.

직장에서 근무 중일 때나 아닐 때나, 어떤 구체적인 일을 하고 있을 때나 아무것도 안 하고 있을 때나 현대인의 머릿속은 늘 뭔가를 하느라 분주해서 엄청난 양의 에너지를 소모한다. 머릿속에 끊임없이 떠오르는 숱한 생각과 망상 속에서 길을 찾아 헤매느라 늘 정신이 없다. 현대인의 머릿속은 말 그대로 쉴 틈이 없다.

참선을 '진정한 휴식법'으로 이해하면 가장 좋은 이유가 바로 여기에 있다. 우리는 마음을 쉬게 하는 법을 필사적으로 익혀야 한다. 우리가 어디에 있든 마음의 고요를 찾으려면 말이다.

참선 실력이 향상되어 아주 짧은 시간에도 심신의 상태를 변화시킬 수 있다는 것을 몸소 확인하고 나면 직장에서 참선을 하는 것이 얼마나 이로운지 알게 된다. 참선이 더 자연스러워지도록 전략적으로 노력하고 업무 중에 예상되는 틈을 찾아내면 일과에 의미 있는 휴식 시간을 계획해 넣을 수 있다. 참선을 더 잘하게 될수록 각각의 휴식 시간이 찌는 듯 더운 날 오아시스를 만난 것처럼 느껴질 것이다.

그러나 직장에서 진정한 휴식 시간을 갖는 것보다 훨씬 더 좋은 점이 있다. 즉 참선하는 법을 충분히 익히면 일하는 동안에도 쉴 수 있다. 일을 하는 동시에 참선을 한다면 더 이상 머릿속에서 벌어지는 온갖 쇼에 에너지를 낭비하지 않아도 되기 때문이다. 그러면 심신의 모든 에너지를 지금 하고 있는 일에 쏟아부을 수 있다. 사용할 수 있는 에너지가 늘어나면 생각이 더 명료해지고 열정과 자신감도 높아진다. 이는 다른 스트레스와 부정적인 감정에 휘둘리지 않으니 전보다 더 열심히, 더 오래 일할 수 있다는 뜻이다.

그뿐 아니라 심신의 에너지가 풍부해져 그것을 훨씬 효과적으로 사용할 수 있다. 사실상 새로운 수준의 효율성과 생산성을 얻게 되는 셈이다. 참선을 통해 집중하는 법을 훈련하면 몸의 긴장을 풀고 감정을 편안하게 유지하면서 정신을 집중하는 법을 배우게 된다는 점을 기억해보자. 좀 더 구체적으로 말하면 심신의 일부만 일을 하고 나머지 부분은 쉴 수 있다는 뜻이다. 따라서 일할 부분과 쉴 부분을 효과적으로 관리하면 늘 일정 정도 휴식을 확보할 수 있다. 이는 농부가 파종을 할 때마다 밭의 일부를 남겨두는 것과 비슷한 원리다. 예컨대 고된 육체노동을 해야 할 때도 참선을 하면 몸으로는 일을 하지만 머리와 감정은 쉬면서 재충전할 수 있다. 그렇게 일을 마치면 몸은 피곤하겠지만 정신적으로는 활력과 생기가 느껴질 것이다. 몸을 움직여 한바탕 신나게 놀고 난 기분이 들 것이다.

반면에 머리를 써서 복잡한 일을 해야 할 때는 올바른 자세와 호흡을 통해 몸을 힘들게 하거나 기분을 우울하게 하지 않고 일에 집중할 수 있다. 옛 선지식들의 말씀처럼 결과에 연연하지 않고 지금 하고 있는 일에만 온전히 집중하면 일과 삶의 경험이 완전히 달라질 것이다. 또한 시간을 자주 내서 스트레칭을 하며 몸의 경직된 부분을 풀어주며 한 번씩 준비 호흡을 한다면 장시간 머리를 써서 일해도 신체 활력이 더 오래 유지되는 것을 느낄 수 있다.

이것이 가능한 이유는 일을 하면서도 휴식을 취하고 재충전하기 때문이다. 휴대전화를 충전기에 꽂은 채로 사용하는 것과 같다. 휴대전화를 사용하는 동안에도 계속 충전이 되고 있으므로 다 사용하고 난 뒤에도 배터리는 사용하기 전과 거의 차이가 없다.

결국 참선 수행을 통해 심신을 완전히 통제하게 되면 에너지를 보존하고 분배하고 생산하는 데 있어 지혜로운 방법을 쓸 수 있다.

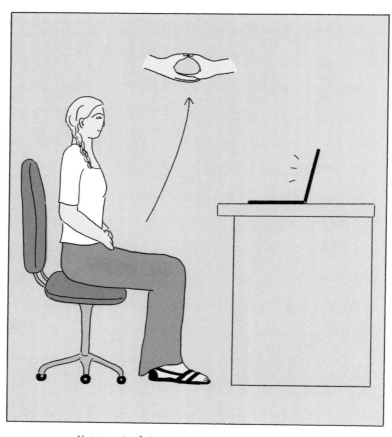

참선하는 법을 충분히 익히면 일하는 동안에도 쉴 수 있다.

이러한 방법은 일의 결과와 효율성, 생산성을 높일 뿐만 아니라 일 자체에 대한 개인적인 경험까지 완전히 바꿔놓는다.

역사 속의 깨달은 선지식들은 요새 '멀티태스킹multitasking'이라고 말하는 것의 대가처럼 보인다. 그분들은 저마다 공동체를 관리하고 운영하면서 육체노동뿐 아니라, 정신력을 요구하는 문제들까지도 노련하게 처리했다. 그들은 다양한 사람들이 모인 공동체를 평화롭게 이끌기 위해 여러 역할을 소화했다. 동료와 라이벌, 다른 종파들, 그리고 사회 전반을 상대로 폭력 없이 자신의 입지를 지키기 위해 사회적 · 정치적으로 묘책을 펼치기도 했다. 인간 심리에 통달한 스승으로서 제자들이 원하는 초인적인 모습을 보여주고, 그들이 영감을 얻어 각자 구도의 길로 정진하도록 꼭 필요한 가르침을 전했다.

위대한 선지식들은 이 모든 일을 할 때 양심을 저버리거나 진실을 내려놓고 타협하지 않았다. 가장 놀라운 것은 이 모든 일을 하면서 '하지 않음으로 하기', '생각 없이 생각하기'라는 수수께끼 같은 주장을 하고, 늘 '하는 일 없이 쉬는 중'이라고 말했다는 점이다. 그러나 참선 수행을 배우면 이런 말이 수수께끼가 아니라는 것이 보이기 시작한다. 그런 표현들은 우리가 일과 참선을 결합하는 법을 제대로 배우면 어떻게 되는지를 매우 정확하고 간결하게 직접적으로 묘사한 것이다.

3

대중교통을 이용할 때
참선하기

나는 거의 5년간 절에서 서울 시내 여러 대학을 오가며 학생들에게 참선을 가르쳤었다. 처음에는 전철을 타고 가는 데에만 족히 2시간이 걸렸다. 이처럼 장시간 이동할 때는 할 일이 없으니 잠이 들기 일쑤다. 그렇게 잠깐씩 불안하게 자다 깨다를 반복하면서 목적지에 도착하면 부쩍 피곤하고 진이 빠진다. 그러지 않고 계속 깨어 있으면 주변을 관찰하거나 방향도 목적도 없는 생각들 속에서 길을 잃게 된다. 그렇게 어느 한 가지에 집중하지 못하고 마음이 왔다 갔다 하면서 이것저것 연상하는 것도 사실 신체적·정신적 에너지를 소모하는 일이기에 이 또한 우리를 지치게 만든다. 이런 상태는 뚜렷한 목적 없이 텔레비전 채널을 계속 돌리거나 인터넷 사이트를 여기저기 돌아다니는 것과 매우 비슷하다.

우리가 어떤 한 가지에 집중해서 참선을 하거나 작업하지 않으면 우리 마음은 자유로운 상상만으로도 에너지를 다 써버린다. 그것은 갈 곳도 없는데 차를 공회전시키는 것과 같다. 소중한 연료를 공연히 써버리는 것이다. 반면 일상생활에서 참선을 하는 것은 운전을 하는 동안에도 연료가 소모되는 것이 아니라 다시 채워지는 능력을 개발하는 것과 같다. 그뿐 아니라 음식이나 물과 달리 참선은 공짜다. 공짜로 재충전하는 능력을 개발할 수 있다니 얼마나 멋진 일인가.

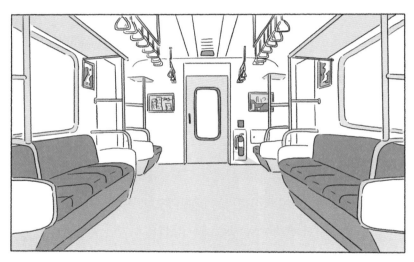

움직이는 교통수단 안에서 참선하면 그 순간을 즐기며 심신을 재충전할 수 있다.

그러니 참선을 통해 몸을 재충전하고 감정을 평온하게 하며 정신을 더 맑게 하자. 이것이 자기 계발의 핵심이자 대단히 지적이고 실용적이며 효율적이고 건강한 생활 방식이다.

대중교통을 이용할 때 참선하는 방법

이제 대중교통을 이용할 때 참선하는 법을 살펴보자. 기차를 타든 버스를 타든 비행기를 타든 배를 타든, 움직이는 교통수단을 타고 있으면 몸이 떠밀린다. 허리를 곧게 펴고 편안한 상태로 가만있기란 거의 불가능하다. 운행 중에 비교적 흔들림이 적다고 느껴지는 비행기에서조차 좌석이 뒤쪽에서 신체를 감싸는 형태여서 몸을 기울이지 않고 똑바로 앉아 있기가 어렵다. 따라서 이런 경우에는 좌석에 등을 기대어 앉는 수밖에 없다. 이럴 때 해볼 수 있는 참선법은 다음과 같다.

❶ 엉덩이와 등 아래쪽, 즉 엉덩이뼈와 요추를 의자 등받이에 바싹 붙여 앉는다.

❷ 엉덩이와 등 아랫부분을 의자 등받이 쪽으로 밀어붙여 기대면 척추가 기울거나 휘는 경향이 최소화된다. 척추를 완전히 수직으로 유지하려 애쓰지 말고, 긴장을 푼 채 등과 어깨가

넓게 펴지도록 의자 등받이에 상체를 붙인다.

❸ 발을 바닥에 편평하게 놓는다. 키가 큰 편이거나 의자가 낮을 경우 다리를 앞으로 펴고 양발은 가지런히 편안하게 바닥에 놓는다. 무릎이 90도가 되게 하려고 애쓰지 않아도 된다. 긴장을 풀고 편안한 상태로 있는 것이 더 중요하다.

❹ 손은 전통적인 참선 자세와 마찬가지로 양손의 엄지 끝이 서로 맞닿게 하여 허벅지에 올려두면 된다.

❺ 그러나 손 모양이 대중교통에서 시선을 끌 것 같으면 왼손 엄지를 배꼽 근처에 살짝 놓고 나머지 네 손가락을 아랫배에 내려뜨려도 된다. 그런 다음 오른손을 왼손 위에 두어 양손의 엄지와 검지 사이의 연결 부위가 서로 만나 맞물리게 한다. 이제 오른손 엄지 끝이 왼쪽 손바닥 아래에 놓이게 될 것이다. 그리고 오른손의 네 손가락은 왼쪽 손등을 감싸게 될 것이다. 전반적으로 볼 때 왼손의 엄지를 배꼽에 놓은 상태에서 두 손이 아랫배를 감싸는 형태이다.

❻ 턱을 살며시 안으로 당기고 윗니 바로 뒤편 입천장에 혀끝을 살짝 댄다.

❼ 시선을 평소보다 약간 더 아래쪽으로 내려 앞에 앉은 승객과 눈이 마주치지 않게 한다. 참선하는 동안 낯선 사람과 눈이 마주치면 정신이 산란해질 수 있다.

❽ 몸 전체가 편안하게 의자와 하나가 되게 한다. 좌우로 흔들

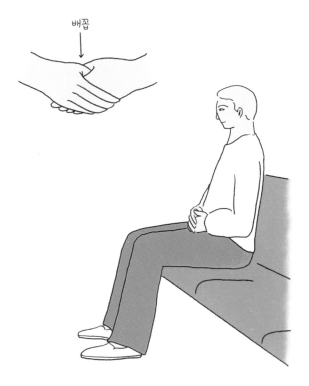

배꼽

지하철에 앉아서 참선하기

리든, 속도가 빨라지거나 느려지든 몸이 차와 하나가 되게 한다. 이런 식으로 움직이는 차량 안에서 흐름에 따르는 연습, 흐름에 저항하지 않는 참선 연습을 한다.

❾ 복식 호흡을 하면서 숨을 들이쉬고 멈추고 내쉴 때 아랫배가 나왔다 멈췄다 다시 들어가는 움직임에 의식을 집중한다. 양손 아래쪽에서 아랫배가 움직이는 것을 느껴보자. 호흡의 리듬이 안정적으로 변함없이 유지되도록 한다.

❿ 평상시에 참선할 때와 똑같은 방식으로 스스로에게 "이뭣고?" 화두를 던지며 대의심을 일으킨다.

움직이는 교통수단 안에서 참선을 할 수 있다면 장거리 이동에 특히 도움이 된다. 내 경우에는 최근 미국에서 참선을 가르치기 시작하면서 비행기를 탈 일이 많아졌다. 그때마다 비좁고 갑갑한 비행기 좌석에 최소 12시간 이상 앉아 있어야 했다. 그러다 비행기로 이동하는 동안 참선이 그 비좁은 공간에서도 편하게 쉬도록 도와주는 아주 유용한 방법임을 알게 되었다. 또한 참선을 하면 비행하는 내내 윙윙거리는 소음 때문에 진이 빠지는 것을 막아준다. 더욱이 나는 비행기에서 잠을 잘 못 자는 편인데 참선을 하면 잠을 자지 않아도 불안하거나 지치지 않고 오히려 활력을 찾고 재충전하게 된다. 이런 환경에서는 참선이 잠을 대신할 유용한 수단이 된다. 기내에서는 공기가 좋지 않아 답답하고 지칠 수 있는데 복식 호흡을 하면 한결 낫다. 장거리 비행 동안 잠깐씩만 참선을 해도 훨씬 나은 상태로 목적지에 도착할 수 있다.

그러니 다음번에 장거리 이동을 해야 할 일이 생기면 긴장을 풀고 편안하게 참선 호흡에 집중해보자. 교통수단 안에서 몸이 계속 흔들리는 동안 다른 모든 감각과 생각이 그냥 흘러가게 두자. 이렇게 몸이 편안하고 참선에 깊이 몰두한 상태에서 "이뭣고?" 화두를 들어보자. 숨을 들이마신 다음 멈춘다. 이제 숨을 내쉬면서 마음속으로 "이뭣고?"라고 말한다. "이것은 무엇인가?" 그렇게 대의심을 일으킨다. 이렇게 몸과 마음이 참선에 깊이 몰입한 상태에서 모든 의식을 대의심에 집중한다. 혹시라도 외부의 움직임과 집중을 방해하는 것들 혹은 내면의 생각과 감정으로 주의가 흐트러지면 다시 돌아와 다음번 날숨에서 "이뭣고?" 화두를 들면 된다.

참선은 계속해서 우리 의식을 그 근원으로 돌리는 것임을 기억하자. '빛을 돌려 그 근원을 비추게 한다'는 의미의 회광반조를 기억하자. 침착하고 우아하게, 인내심을 갖고 부지런히 해야 한다. 그렇게 참선하면서 대중교통으로 이동하는 그 순간을 즐기면 된다.

4

시험을 치를 때
도움이 되는
참선

참선 수행으로 얻은 여러 가지 혜택 중에 가장 만족스러웠던 한 가지는 시험을 치르는 능력을 향상시켜준다는 점이다. 대학 입시를 준비하는 학생들에게 시험 점수가 얼마나 중요한지 잘 알기에 말을 하면서도 대단히 조심스러운 면이 있다.

참선을 활용해 학업 성적을 높이고 싶다면 먼저 **참선의 세 가지 요소인 올바른 자세와 올바른 호흡, 정신 집중을 의자에 앉은 상태에서 제대로 하는 법부터 배워야 한다.** 애써 노력하지 않아도 자연스럽게 할 수 있을 정도로 익숙해져야 한다. 의자에 앉아서 하는 참선이 단련되지 않은 상태에서 시험 당일 갑자기 시도하면 오히려 시험에 방해가 될 수도 있다.

나는 참선이 시험을 치르는 데 도움이 된다는 것을 경험으로 확인했다. 여러분도 그 경험을 듣고 나면 내가 사용한 방법을 시도해보고 싶은 마음이 들 것이다.

GRE 시험을 준비하며

20여 년 전 잠시 미국으로 돌아가 뉴욕의 대학원에서 임상심리학을 공부하기로 결심했다. 미국의 대학원에 들어가려면 표준입

학시험인 GRE를 치러야 했다. 사실 그렇게 어려운 시험은 아니었다.

그러나 나는 그때 대학을 졸업한 지 이미 10년이 넘었고, 그동안 시험은커녕 책 한 권 제대로 읽은 적이 없었다. 부모님 집으로 돌아가 책을 펼쳤을 때 내 머리가 굳어버린 느낌이 들었다. 방금 읽은 것도 제대로 기억하지 못했다. 예전만큼 공부를 잘할 수 있을지 확신이 서지 않아 심하게 좌절했다.

그럼에도 나는 따라잡기로 결심했다. 일단 시험을 치르기 위해 접수를 했다. 3개월 가까이 준비할 수 있는 기간을 남겨두고 시험 날짜를 선택했다.

나에게는 자존심이 걸린 문제였다. 잃어버린 듯한 학업 능력을 되찾고 싶었다. 그뿐 아니라 과거에 시험을 치를 때마다 겪었던 한 가지 문제를 해결하고 싶었다. 어릴 때부터 나는 항상 걱정이 많았다. 사소한 결정을 내릴 때에도 심각하게 고민하는 경향이 있었고, 어떤 식으로든 경쟁하는 상황이 되면 매우 초조해했다. 그로 인해 연습 때와 비교하면 실전에서는 연습에 훨씬 못 미치는 점수를 받았다. 내 시험 점수는 대개 모의시험 점수보다 낮았다. 그 때문에 고등학교 때 이후로 시험을 볼 때마다 줄곧 좌절했다. 그래서 이 시험을 앞두고 이전보다 훨씬 더 철저하게 준비해 이번만큼은 결정적인 순간에 망쳐버리는 고질적인 문제를 반드시 해결하겠다고 결심했다.

이를 위해 공부법에 참선을 접목시키기로 했다. 그 결과 참선이 스트레스와 초조함을 다스리는 데 얼마나 효과적인지, 시험을 볼 때에도 얼마나 유리하게 작용하는지 알게 되었다.

먼저 사람들이 많이 사용하는 시험 대비 요령을 파악했다. 예를 들면, 연습 시험은 실제 시험일과 같은 요일, 같은 시간에 봐야 한다는 것이다. 그렇게 해야 몸 전체가 실전 당일, 바로 그 시간에 시험 칠 것을 예상해 대비할 수 있기 때문이다. 각각의 문제를 푸는 데 평균적으로 걸리는 시간을 '느낌'으로 정확히 가늠하는 법도 터득했다. 사실 이것은 복식 호흡을 메트로놈metronome과 같이 규칙적으로 하는 법을 알면 훨씬 쉽다.

대부분의 표준화된 시험이 그렇듯 GRE도 30분 정도 소요되는 여러 영역으로 나뉘어 있다. 각 영역 사이의 휴식 시간은 기껏해야 20초 정도이다. 시험 감독관이 한 영역의 시간이 끝났다고 알리면 거의 바로 다음 영역의 시험이 시작되는 식이다. 이럴 때 호흡법을 알면 단 10초의 여유만으로도 모든 것을 바꿀 수 있다. 숨을 들이쉬고 잠시 멈췄다가 다시 내쉬는 과정에 필요한 시간이 딱 10초이다. 이 호흡에 익숙해지면 단 한 번 숨을 들이쉬고 잠시 멈췄다가 다시 내쉬는 것만으로도 괴로움과 절망으로 한껏 고조됐던 감정의 파도가 차분히 가라앉아 흔들림 없이 침착하고 맑은 정신 상태로 바뀔 수 있다. 단 한 번의 복식 호흡으로 머릿속이 깨끗해져 이미 지나간 문제나 영역은 잊어버리고 눈앞에 놓인 문제를 푸는 데 다시 집중할 수 있게 된다.

많은 사람들이 시험에서 중요한 건 문제 풀이 속도라고 생각한다. 물론 그런 면도 있지만 표준화된 시험은 인지적·정서적 자기 조절 능력을 검증하는 시험이기도 하다. 정식으로 참선을 할 때와 마찬가지로 딴 길로 새는 모든 생각과 부정적인 감정의 파도를 관리해야 한다. 그러지 않으면 길을 잃고 시간만 낭비하게 된다. 요컨대 참선하는 법을 알면 뛰어난 수험생으로서 반드시 갖춰야 할 능력을 얻게 된다.

고등학교와 대학교 시절에 나에게는 늘 마지막까지 일을 미루는 습관이 있었다. 하지만 이번 시험을 위해서만큼은 아주 규칙적으로 꾸준히 공부했다. 그 시험이 시작되는 순간까지 의자에서 참선하는 법을 혼자서 천천히 연습했다. 다음 영역으로 넘어가기 전 잠깐의 휴식 시간에는 심호흡을 하고 "이뭣고?" 화두로 일으킨 대의심 안에 머물며 참선으로 휴식하는 법도 훈련했다. 복식 호흡을 하며 "이뭣고?" 화두에 집중하면서 모든 과목을 매끄럽게 풀어나가는 방법을 조금씩 터득해나갔다. 마침내는 3시간짜리 연습 시험이 참선을 30분씩 여섯 번 반복하는 것처럼 익숙하게 느껴졌다. 그 결과 연습 시험을 마쳤을 때에도 내 정신 상태가 시작할 때와 비슷했다. 조금도 지치거나 불안하지 않았다.

시험 당일 나는 시험 시간보다 일찍 시험 장소에 도착했다. 다른 학생들이 밖에서 담배를 피우거나 자료를 훑어보면서 커피를 마시고 에너지 바를 먹는 동안 나는 사람들이 없는 벤치로 가서 참선을 했다. 내 몸에 기를 모아 머릿속이 더 맑고 명징해지도록 노력했다.

그렇게 앉아서 차분하게 호흡하고 생각과 감정을 조절하고 있으면 시험이 시작되기 전까지 생각보다 시간이 많이 걸린다는 걸 알고 놀랄 것이다. 신원을 확인하고 자리를 배정하고 시험지를 나눠준다. 그동안 나는 "이뭣고?"를 했다. 줄을 서서 기다릴 때에는 선 채로 "이뭣고?"를 했다. 자리에 앉았을 때도 마찬가지였다. 마침내 겁나는 시험지가 내 앞에 놓였을 때도 계속 "이뭣고?"에 집중했다. 그러다 보니 마치 시험을 치르는 나 자신의 모습이 담긴 영화를 슬로모션으로 보고 있는 것처럼 모든 것이 초현실적으로 느껴졌다. 하지만 감독관이 시험지를 열고 시작하라고 말하자 '쿵!' 하고 대포가 발사된 것처럼 정신이 번쩍 들면서 나의 의식 공간이 에너지로 가득 채워지는 것 같았다.

난생처음으로 시험을 보면서 기분이 좋았다. 올림픽에서 빙판 위를 힘 있고 우아하게 움직이는 스피드스케이팅 선수가 된 기분이었다. 날카로운 스케이트 날 위에 한점 흐트러짐 없이 서서 꽁꽁 얼어붙은 시간의 미끄러운 표면 위를 자유자재로 도는 기분이었다.

물론 막히는 문제도 있었다. 나는 수학이나 논리에 그리 강한 편이 아닌데 두 과목 모두 시험에 포함되어 있었다. 사실 나는 논리 문제가 싫었다. 논리 문제를 만나면 늘 내가 바보 같다고 느껴지기 때문이다. 하지만 그때만큼은 곤란한 문제를 만나서 답답하고 불안하거나 겁이 나도 평정심을 다시 회복하기가 무척 쉬웠다.

그래서 이 재미없는 이야기의 해피엔딩을 말하자면 나는 내 생애 가장 높은 점수를 받았다. 설명을 덧붙이자면 나처럼 세심하게 준비하지 않고도 나보다 높은 점수를 받는 사람들도 많을 것이다. 하지만 나에겐 의미 있는 경험이었다.

참선으로 원하는 목표에 도달하기

나는 참선이 스트레스를 줄이고 일과 학업의 효율성을 높이는 데 효과가 있다는 것을 꽤나 강조한다. 왜냐하면 참선이 그런 상황에서 효과를 발휘한다는 것을 내가 자신감이 바닥이었을 때 스스로 실험을 해봤기 때문이다.

그 후로 나는 참선 모임에 오는 사람들에게 내가 얻은 교훈과 방법을 알려주었다. 학생들은 나에게 다시 찾아와 참선이 정말로 도움이 되었다는 이야기를 들려주었다. 그중 한 명은 현재 대기업에 다니고 있는데 무려 6000 대 1의 경쟁률을 뚫고 필기시험과 면접시험을 통과할 수 있었던 비결이 참선이라고 말해주었다.

그는 나중에 참선을 배운 덕분에 얻은 모든 혜택에 대해 자세히 이야기했다. 워낙 성실한 청년이어서 매주 참선 모임에 나오기 시작하면서부터 집에서도 가능하면 매일 30분에서 1시간 정도 참선을 하려 했다고 한다. 이렇게 참선을 하니 머리가 맑아지고 인생에서 정말로 하고자 하는 것이 무엇인지를 결정하는 데 도움이 되었다고 한다. 그는 이후 경쟁률이 엄청나게 높은 대기업에 지원하기로 결심했고, 필기시험을 준비하는 동안에는 물론이고 면접 현장에서도 차분함과 자신감을 유지하기 위해 참선을 이용했다. 그는 자신이 참선을 배웠기 때문에 면접을 보는 동안에도 다른 지원자들과 확연히 다른 긍정적인 기운을 뿜어냈을 것이라고 강하게 확신했다.

참선을 연습하면 자동으로 원하는 대학이나 기업에 들어갈 수 있다는 얘기를 하려는 게 아니다. 하지만 신체와 감정을 스스로 조절하는 고도의 능력을 갖추면 학교와 직장에서 성과를 높일 수 있다. 물론 현대사회에 그런 능력을 가진 사람이 많지 않다는 것은 분명한 사실이다.

문제는 숙련이다. 애써 노력하지 않아도 저절로 될 때까지 의자에 앉아 참선을 연습해야 한다. 딱 한 번 깊이 호흡하면서 "이뭣고?" 화두를 던지는 것만으로 정신을 맑게 하고 감정을 차분하게 가라앉히며 집중력을 높일 수 있을 때까지 연습해야 한다. 그러면 분명히 경쟁이 심한 환경에서도 두려움이나 절망감에 휩싸이지 않고 시험을 잘 치르거나 질문에 답할 수 있을 것이다.

5

강연과
프레젠테이션을 위한
참선

한때 나는 방청객과 방송국 카메라 앞에서 강연을 많이 했다. 그때 강연 직전까지 참선을 하면 그 효과가 얼마나 놀라운지 직접 확인할 수 있었다. 긴장이 풀리고, 에너지를 낭비하지 않으며, 자신감 있는 모습으로 집중하는 것이 전부 동시에 이루어진다. 그뿐 아니라 강연이 끝난 직후에도 눈에 띄지 않게 참선을 함으로써 잠시후 이어질 질의응답에 대비해 재충전을 하고 다시 집중력을 높일수 있다.

만약 발표나 강연을 해야 한다면 분명 그 발표를 비판적으로 평가할 사람들 앞에 서야 할 것이다. 이는 확실히 스트레스를 받는상황이다.

따라서 틈이 날 때마다 선 자세로 능숙하게 참선하는 법을 가장먼저 익히는 것이 좋다. 여기서 '능숙하게'란 언제 어디서나 단 몇번의 호흡만으로 "이뭣고?" 화두를 던지고 대의심 상태에 들어가는 것을 의미한다.

선 자세로 능숙하게 참선할 수 있게 된 다음에도 발표를 하는 동안 참선을 하는 것은 아직 많이 어려울 것이다. 하지만 자기 차례를 기다리는 사이 단 1~2분만 짬이 나도 참선을 할 수 있다. 시간이 부족하다고 여겨지겠지만 하는 것과 안 하는 것의 차이가 크다. 특히 규칙적으로 참선을 해온 사람이라면 1분 혹은 30초만 복식 호흡을 해도 극도의 스트레스와 불안 상태에서 차분히 집중하는 상태로 바뀔 수 있다.

연습을 충분히 하면 나중에는 사람들 앞에서 발표하는 도중에도 참선을 할 수 있다. 물론 준비한 강연이나 발표를 하면서 참선을 하려면, 그러니까 발표하는 동안에도 참선 상태를 유지하려면 먼저 상당히 높은 수준의 참선 능력을 갖추어야 한다. 참선은 당연히 그렇게 노력해볼 만한 가치가 있다.

약 7년 전, 한국의 한 TV 방송국에서 교육 특강 프로그램을 촬영하는 동안 이런 사실을 깨달았다. 당시 나는 대단히 빡빡한 촬영 스케줄 때문에 45분짜리 강연을 두 번에 나눠 촬영해야 했다. 카메라 앞에서 25분가량 끊임없이 말을 하고 잠시 쉰 다음 다시 20분 정도 계속 말을 해야 했다.

방송 프로그램 첫 회를 처음 촬영하는 날, 나는 매우 긴장했다. 담당 프로듀서가 텔레프롬프터를 보면서 대본을 읽어도 된다고 했지만 시선이 자연스럽지 않을 것 같아 거절했다. 나는 카메라를 똑바로 보면서 말할 수 있기를 바라며 강연 내용을 통째로 외웠다. 하지만 머릿속에 너무 많은 문장이 들어 있어서 혹시라도 실수를 할까 봐 걱정이 되었다. 그래서 카메라가 돌아가기 직전까지 몇 분이나마 참선을 했다. 그러자 머리가 맑아져 제작진의 시작 사인과 함께 한 번도 실수하지 않고 강연을 마칠 수 있었다. 촬영하는 내내 참선 덕분에 정신이 맑게 유지된 것이 분명했다.

첫 번째 촬영 결과에 어느 정도 만족하면서도 사람들 앞에서 말하는 능력을 좀 더 향상시키고 싶었다. 미리 외운 내용을 그대로 전달하다 보니 너무 딱딱하고 진정성이 없어 보이는 것 같았기 때문이다. 그래서 그다음 촬영부터는 강연 내용을 전부 외우지 않고, 강연의 얼개와 몇 가지 중요한 부분만 미리 준비해 갔다. 매번 촬영에 들어가기 전에는 반드시 몇 분간 참선을 했다. 그리고 녹화가 시작되면 미리 암기해둔 강연의 얼개와 몇 가지 요점을 말한 다음 즉석에서 생각한 말들로 강연을 이어갔다. 다행히 내가 바랐던 대로 더 자연스럽고 생동감 있게 말할 수 있었다.

나 자신을 포함해 주변 사람들 모두 내가 프롬프터나 미리 준비한 원고도 없이 간단한 개요만 갖고 막힘없이 말할 수 있다는 사실에 무척 놀라워했다. 나는 곧 실수 없이 말하는 것에서 더 나아가 정해진 시간에 딱 맞춰 말할 수 있게 되었다. 예를 들어 담당 프로듀서가 내게 어떤 것에 대해 3분 혹은 8분 동안 이야기해달라고 하면 나는 잘 정리된 대답을 생각한 다음 시계를 보지 않고도 요구한 시간에 맞게 이야기를 끝낼 수 있었다. 나의 이러한 능력에 다른 사람들만큼이나 나 역시도 무척 놀랐다. 전문적으로 훈련받은 배우나 아나운서도 아닌데 그렇게 해냈으니 말이다.

내가 계속해서 프로그램 촬영을 실수 없이 완벽하게 해내자 시즌 3에서는 하루에 네 편을 촬영하기도 했다. 45분짜리 강연 네 개의 얼개를 한꺼번에 준비해 기억한 다음 카메라 앞에서 계속 말해야 했다는 뜻이다. 그 무렵 제작진은 나를 강연하는 기계로 보는 듯했다. 원할 때 마음대로 켰다 끌 수 있는 그런 기계 말이다. 나도 그와 비슷하게 느꼈다. 말하기 전에 참선을 하기만 하면 주제와 시간에 상관없이 사람들이 요구하는 대로 말할 수 있었다.

기억력이 비교적 좋은 편이기는 하지만 내가 기억력이 좋아서 그렇게 할 수 있었다고 생각하지 않는다. 분명 오랜 시간 참선 수행을 함으로써 얻을 수 있는 또 다른 혜택을 우연히 발견한 것이 아닐까 싶다. 좀 더 정확히 말하면 사람들 앞에서 말할 때 참선을 활용함으로써 인간의 정신에 관한 새로운 사실을 알게 된 것이다.

인간의 두뇌는 지구상에서 가장 뛰어난 컴퓨터

우리가 "이뭣고?" 화두를 던지고 대의심 상태로 들어가면, 우리 뇌와 몸은 우리가 지시하는 대로 움직인다. 대의심 상태가 모든 잡념과 상상, 내면의 목소리와 다른 산만한 정신 활동을 다 없애버리기 때문에 뇌가 홀가분해지면서 지시받은 대로 실행할 수 있게 되는 것이다. 인간의 두뇌는 컴퓨터와 같다. 아마 지구상에서 가장 뛰어난 컴퓨터일 것이다. 다른 불필요한 정신 활동이 끼어들지 않는 한 우리의 두뇌는 우리가 지시하는 것을 정확히 수행할 수 있다. 우리가 참선하지 않을 때 경험하는 끝없는 상념과 상상들은 컴퓨터 바이러스처럼 우리 두뇌가 최적의 기능을 발휘하지 못하게 방해한다. 현대사회의 교육제도와 훈련 체계는 참선과 같은 자기 조절 기술을 가르치지 않기 때문에 대부분의 사람들은 각자의 두뇌가 컴퓨터 바이러스에 감염되지 않은 상태에서 최적의 기능을 발휘하는 것을 아직까지 경험해보지 못했다. 그래서 안타깝게도 사람들은 각자 타고난 지능의 한계를 심하게 과소평가한다.

참선이 바이러스 퇴치 프로그램이 되어 우리 머릿속에 바이러스처럼 퍼져 있는 잡념과 상상들을 완전히 없애면 우리 두뇌는 원래의 기능을 다할 것이다. 다시 말하면 우리가 생각지도 못했던 놀라운 일들을 해낼 것이다. 이 세상에는 자신이 더 똑똑했더라면, 더 창의적이었더라면 하는 생각으로 시간을 낭비하는 사람들이 많다. 하지만 내가 발견한 진실은 특정한 신경계 질환이 있지 않다면 지금보다 더 좋은 뇌가 필요치 않다는 것이다. 지금의 뇌가 컴퓨터 바이러스에 감염되지 않게만 하면 된다.

청중 앞에 선 자세로 참선의 대의심을 일으켜 뇌를 깨끗이 정화한 다음 재부팅을 하면 뇌가 맑아진다. 이럴 때에는 스스로에게 발표를 시작하라고 지시를 내리기만 하면 된다. 그런 다음에는 계속 참선 상태를 유지하면서 차분한 마음으로 자신이 확신을 갖고 정확하고 쉽게 말하는 모습을 지켜보면 된다. 상상도 못했던 모습이기에 중추신경계에 발표 앱 같은 것을 작동시켜 그 앱이 우리를 대신해 발표를 하는 것이 아닌가 하는 생각이 들 정도다.

우리는 창의적이고 열정적이며 영감을 주는 달변가가 되고 싶어 하는데, 그런 사람이 이미 우리 안에 있다. 다만 끝없이 밀려드는 불필요한 생각과 정신 활동에 그런 모습이 깊이 가려져 있을 뿐이다. 참선을 이용해 진정한 우리를 발견하고 깨워서 일으키자. 그러면 모두가 놀라고, 특히 우리 스스로가 가장 놀랄 정도로 유창하고 자신 있게 말하게 될 것이다.

누군가는 내가 특별한 능력을 지녔거나 혹은 좋은 학교에 다녀서 그렇게 할 수 있었을 것이라고 생각할지도 모른다. 나 역시 지난 30년간 나의 스승이 하시는 것은 전부 타고난 천재라서 그렇다고 믿었으니 그게 어떤 느낌인지 잘 안다. 하지만 나의 스승도 나도 특별한 능력을 타고나서 그렇게 한 것이 아니다. 사실 모든 인간에게 놀라운 능력과 힘이 있다. 우리가 두뇌에서 컴퓨터바이러스를 깨끗이 없앨 수만 있다면, 전통 불교에서 말하는 카르마와 번뇌 망상이라고 하는 것만 없앨 수 있다면 우리 한 사람 한 사람이 세상을 바꿀 수 있다.

우리가 마음먹은 것은 무엇이든 할 수 있다. 다음번 강연이나 발표로 청중의 마음에 불을 지를 수 있다. 시간을 내어 참선을 훈련하고 자신의 진실한 모습과 진정한 능력을 발견하기만 하면 된다.

이런 주장이 다소 과격하다는 것을 안다. 게다가 그렇게 하기 위해서는 먼저 참선을 아주 오래 훈련해야 한다고 생각하면 무력감을 느낄 수도 있다. 하지만 처음에는 기초적인 참선만 배우면 된다. 그러고 나면 초보자여도 서서히 사람들 앞에서 발표하는 도중에 참선을 이용할 수 있다.

선 자세로 긴장과 두려움 다스리기

그렇다면 참선 초보자가 어떻게 강연이나 발표에 참선을 활용할 수 있을까?

처음에는 발표 중간에 어떤 한 부분을 강조하기 위해 잠시 말을 멈추고 스스로에게 의식을 집중하는 법을 익히는 것으로 시작할 수 있다. 2~3초 정도 잠시 말을 멈춘 사이 딱 한 번 "이뭣고?" 화두를 던지고 다시금 우리 의식을 내면으로 돌리는 것이다. 그 결과로 의심이 일어나면 정신이 맑아지고 에너지를 얻게 될 것이다. 그런 다음에 다시 말을 이어가면 된다. 이로써 우리는 단 한 번의 참선으로 청중의 온 관심을 얻고, 발표 내용에 엄청난 중요성을 불어넣으며, 맑은 정신과 에너지 그리고 목적의식을 되찾는 것까지 모두 해결하게 된다.

강연을 잘하는 사람들은 이미 이 비결을 알고 있다. 침묵의 순간은 발표나 강연을 효과적으로 만드는 가장 강력한 도구 중 하나이다. 우리도 참선을 이용해 원하는 때에 침묵의 순간을 만들 수 있다. 특히 말이 꼬이는 것 같거나 말의 속도가 너무 빠르다고 느낄 때 그렇게 하면 된다.

마지막으로, 중요한 강연이나 발표 뒤에는 질의응답 시간이 이어지는 경우가 많다. 이는 준비한 말을 모두 마친 뒤에도 뭔가 또 말을 해야 한다는 뜻이다. 더욱이 미리 준비한 원고도 없이 즉흥적으로 말해야 한다. 따라서 발표나 강연보다 질의응답이 더 부담스럽고 힘들게 느껴질 수 있다.

이럴 때 서서 하는 참선이 다시 한 번 놀라운 효과를 발휘한다. 발표를 마치자마자 바로 의심을 일으키고 재충전에 들어가자. 발표가 끝나면 적어도 몇 분 정도는 휴식 시간이 있게 마련이다. 그틈을 이용해 선 자세로 참선을 하면 아주 효과적이고 효율적으로 재충전을 할 수 있다. 그러면 질문을 받아도 거뜬히 감당할 수 있을 정도로 정신적으로나 육체적으로 기운이 충만해질 것이다.

또한 정식으로 질의응답을 받기 시작했는데 명쾌한 답이 생각나지 않아 헤매게 될 때에는 발표 중간에 하듯 자연스럽게 2~3초간 말을 멈추고 참선을 해보자. 대부분의 경우 이렇게 잠시 뜸을 들여도 아무도 이상하게 생각하지 않는다. 모든 질문에 즉각적으로 대답을 해야 하는 건 아니다. 질문을 받으면 대답을 생각할 최소한의 시간이 필요하다는 것을 누구나 이해한다.

특히 뇌가 멈춰버린 듯 어떻게 답해야 할지 모를 때에는 잠시 말을 멈추고 자세를 교정한 다음 복식 호흡을 해보자. 그러면 마음이 차분해지고 머리도 맑아지므로 대개 어떤 대답이든 떠오를 것이다. 이렇게 했는데도 아무 대답이 생각나지 않을 때조차도 자세를 바르게 하고 정신을 집중하고 있으면 초조하게 꼼지락거리거나 산만해 보이는 자세를 취하지 않으니 진중하고 진솔해 보인다.

침착하게 정신을 집중한 상태에서는 질문에 대한 답을 잘 모르겠다고 말해도 사람들이 함부로 무시하지 않는다. 오히려 솔직함과 진실함을 높이 산다. 그 결과 참선 상태에서는 가장 적대적인 청중 앞에서도 눈빛이 당당하고 설득력 있게 보일 수 있다.

발표를 할 때 말을 하면서 중간중간 참선도 하려면 말하기와 참선 둘 다 아주 많이 연습해야 한다. 하지만 충분히 노력할 만한 가치가 있다. 우리는 누구나 무슨 일을 하든 상관없이 설득력 있게 말하는 법을 배울 필요가 있다. 가정주부든 학생이든 회사원이든 예술가든 마찬가지이다. 점원이나 택시 기사도 고객을 상대할 때 설득력 있게 말하는 법을 알아야 한다. 가족, 친구, 직장 동료 등 누구에게든 자신의 생각과 의견을 분명하고 자신감 있게 표현하는 법을 알아둘 필요가 있다. 선 자세로 참선하는 법을 배우면 이와 같이 중요한 사회적 기술을 발달시키는 데 많은 도움이 될 것이다.

6

우리가 미처 몰랐던
중독적인 습관

한국에서 몇몇 학생들과 참선 모임 회원으로부터 술을 자제하기가 어렵다는 이야기를 종종 들었다. 말을 하지 않아서 그렇지 실제로는 그런 사람들이 훨씬 더 많을 것이다.

나는 그런 얘기를 들었을 때, 그들이 알코올 중독에 빠졌다고 생각하진 않았다. 잠에서 깨어났을 때 피곤하고 우울한 기분이 드는 경우는 있지만, 취한 상태로 학교에 가거나 출근하는 건 아니었다. 만취하는 경우도 거의 없고, 업무나 인간관계에 영향을 주는 것 같지도 않았다. 하지만 그들은 스스로 자제하지 못하는 느낌이 들거나 너무 자주 술을 마신다는 사실 때문에 불안해했다. 어떤 사람은 하루도 거르지 않고 매일 밤 일정량의 술을 마신다고 했다. 문제를 일으킬 정도로 양이 늘어나지는 않지만, 그렇다고 술의 양을 줄일 수 있는 것도 아니었다. 밤마다 술 마시는 것이 거의 숙제처럼 느껴져서, 이제는 하루라도 밤에 술을 마시지 않아도 되는 날이 있기를 고대했다. 그들은 이러한 습관에 참선이 도움이 될 수 있을지 궁금해했다.

만약 한 가지 이상의 중독성 있는 행동 때문에 정말로 걱정이 된다면 자신이 생각하는 것보다 문제가 심각한 상황일 수 있다. 마치 기계처럼 규칙적으로 그런 행동을 하게 되어서 역설적이지만 잘 통제되는 동시에 통제가 안 되는 것처럼 느껴진다면, 그건 어쩌다 우연히 즐기는 길티 플레저_{guilty pleasure}도 아니고 그렇다고 임상적으로 중독 진단을 받아야 하는 문제도 아니다. 나는 이런 것을 **중독성 있는 생활 방식**이라고 부르고 싶다. 이 말은 우리 삶이 중독성 있는 행동과 그에 따른 보상을 중심으로 체계적으로 돌아가고 있으나 우리는 그것이 어느 정도인지 충분히 의식하지 못하고 있다는 뜻이다.

이런 경우라면 아침이나 저녁에 잠깐씩 좌선을 하는 것만으로는 원하는 만큼 도움이 안 될 것이다. 하루 중 참선하는 시간은 기껏해야 1시간 정도이고, 나머지 23시간은 이미 굳게 자리 잡은 습관적인 행동 패턴으로 돌아가기 때문이다. 따라서 먼저 우리의 생활 방식이 얼마나 중독적인 습관으로 이루어져 있는지를 파악해야 한다. 그러기 위해서라도 잠시 시간을 내서 참선을 해보면 좋겠다.

❶ 바르게 앉아 참선 자세를 취한다.

❷ 준비 호흡을 3회 반복한다.

❸ 그런 다음 복식 호흡을 시작한다.

❹ 스스로에게 "이뭣고?"라고 물으며 마음속에 대의심을 일으킨다.

❺ 계속해서 의심을 일으켜 마음속에 있던 쓸데없는 생각과 심란한 감정들을 몰아내자.

❻ 마음이 고요히 안정되고 머리가 맑아질 때까지 기다리자.

잠시 참선을 하며 알게 모르게 자리 잡은 중독적인 생활 방식을 살펴보자.

❼ 깨어 있는 상태에서 의식이 집중되는 것을 느껴보자.

❽ 이제 집중이 된다.

❾ 마음이 진실하고, 무엇보다 정직한 상태다. 이 상태에서 자신의 삶에 대해 다음과 같은 질문을 조심스럽게 던져보자.

먼저 지금 하고 있는 일에 얼마나 만족하는가? 지금 하는 일을 즐기고 업무 조건에 만족하는가? 아니면 불행하고 비참한가? 어떻게 보면 간단한 질문이지만, 다르게 보면 어려운 질문이기도 하다. 그러나 직업이 우리 삶에서 큰 비중을 차지하는 만큼 그것을 실제로 어떻게 느끼는지 솔직하게 이해하는 것이 중요하다. 창피해하거나 긴장할 필요 없다. 그냥 솔직하고 진실하게 답하면 된다. 지금 자신이 하는 일에 대해 어떻게 느끼는가?

두 번째로 인생에서 가장 가까운 사람들과의 관계는 얼마나 만족스러운가? 가장 많은 것을 공유하는 사람들과의 관계에 얼마나 만족하는가? 사랑받고 존중받으며 이해받고 있다고 느끼는가? 살면서 그들에게 고마움을 느끼는가? 아니면 당연하게 여겨지고 제대로 인정받지 못하며 오해받고 있다고 느끼는가? 가장 가까워야 할 가족과 친구들에게조차 소외감과 거리감을 느끼는가? 거듭 말하지만 자신에게 솔직해야 한다. 혹시라도 이런 질문들 때문에 심란하다면 잠시 시간을 갖고 참선을 하면서 의심을 일으켜보자. 마음이 맑아지고 차분해지는 것을 느껴보자.

마지막으로 자기 자신에 대한 만족도는 어느 정도인가? 물론 누구나 자신에 대해 더 바라는 점이 있다. 누구나 과거에 후회되는 점이 있고, 거의 모든 사람들이 앞으로 인생의 시련을 헤쳐 나갈 수 있을지 걱정한다. 하지만 마음속 깊이 그런 자신에게 만족하는가? 기본적으로 자기 자신을 좋아하고 존중하는가? 자신이 가치 있는 사람이며 다른 사람들과 마찬가지로 행복하고 사랑받을 자격이 있다고 생각하는가? 아니면 마음속 깊은 곳에서 스스로를 무시하는가? 자신이 저지른 실수 때문에 혹은 어떤 목표를 달성하지 못해서 스스로에게 화가 나 있는가? 자신이 생각하는 현재의 자기 모습이 매우 불쾌한가?

이러한 질문에 신중하게 답해보자. 자기 자신과 삶에 진실로 만족하는 사람은 거의 없다. 어쨌든 세상은 불완전하고 우리도 완벽하지 못하다. 하지만 참선과 같은 분야에 관심 있는 사람들은 대개 자신을 변화시키려는 욕구가 매우 강하다.

참선 또는 다른 자기 계발 방법에 관심 있는 사람들은 대부분 지금 자신이 하는 일이나 인간관계 혹은 자기 자신에 대해 만족하지 못한다고 답할 것이다. 솔직히 우리 대부분이 가끔 우울함을 느끼고, 자기 인생과 자신을 싫어하는 사람들도 많다. 내가 참선을 처음 시작했을 때 나 또한 내 삶의 거의 모든 것이 불만족스러웠다. 무엇보다도 나 자신에게 불만이 많았다. 당시 내가 생각하는 내 모습이 마음에 들지 않았다.

혹시 이런 상황이라면, 인생에서 가장 중요한 면들이 불만족스럽다면 중독성 있는 생활 습관을 가졌을 실질적인 위험이 있다. 그런 심각한 불만을 오래 견딜 수 있는 사람은 거의 없기 때문이다. 그래서 자기 삶이 그토록 불만족스럽다면 필연적으로 이따금 그런 삶에서 벗어날 궁리를 하게 된다. 잠깐의 위안이나 즐거움을 추구하는 것인데, 대개 중독성 있는 보상들이다. 우리가 그렇게 하는 이유는 특히 현대사회에서 그런 즐거움을 발견하기가 쉽고, 언제나 우리가 원하는 작은 위안이나 기분 전환을 제공하기 때문이다.

평소 잘 알지 못했던 나의 중독적인 생활 습관

자기 인생에 불만을 느낄 때 진짜 해결책은 당연히 인생을 변화시키는 것이다. 이를 모르는 사람은 없다. 하지만 막상 자기 인생에 큰 변화를 일으켜야 한다고 생각하면 겁이 나거나 힘이 빠질 것이다. 그런 도전을 하기에는 아직 준비가 되지 않았다고 느낄 수도 있다. 그뿐 아니라 인생에 기꺼이 변화를 주려 해도 주변 여건이 여의치 않은 경우도 많다.

예컨대 직업을 바꾸고 싶어도 취업 경쟁률이 높은 상황에서는 그런 생각이 위험하다는 걸 안다. 그래서 그럴 때에는 더 나은 직장, 더 좋은 일자리를 구하는 것이 불가능하다고 느낄 수 있다. 인간관계에 변화를 주고 싶을 때도 마찬가지다. 새 친구를 사귀거나, 심지어 결혼을 다시 하고 싶을 수도 있다. 하지만 가족에 대한 의무나 특수한 상황 때문에 그러지 못한다.

마지막으로 자신을 변화시키고 싶어도 너무 바쁘고 피곤한 나머지 변화를 시도할 시간이나 에너지가 없을 수도 있다.

이유가 무엇이든 지금 자신이 하는 일과 인간관계, 자기 자신에 대해 줄곧 불만이 있었다면 아마도 일상에 중독성 있는 행동 양식이 자리 잡았을 가능성이 높다. 사실 이는 단지 하나의 행동 양식이 아닐지도 모른다. 우리에게 기쁨까지는 아니더라도 즐거움을 제공해 불만으로 인한 괴로움을 마비시키는 중독성 있는 보상을 획득하는 노골적인 방법일 수 있다.

우리의 일과는 그날 해야 할 일들로만 채워져 있지는 않다. 우리의 일과는 사실 우리가 그날의 시간대별로 얻고자 하는 보상에 맞춰져 있을 것이다. 그래서 시계처럼 정확하게 오전 중 일정한 시간이 되면 다시는 먹지 않겠다고 약속했음에도 과자 통을 뒤지고, 오후에는 끊으려고 노력 중이면서도 담배를 피우러 나간다. 저녁에는 건강에 좋지 않은 음식을 잔뜩 먹고, 밤이 되면 늦게까지 텔레비전을 보거나 인터넷을 한다. 주말에는 취하도록 술을 마실지도 모른다.

얼마나 늦잠을 자는지, 과식이나 과음 또는 과소비에 얼마나 시간을 낭비하는지 기록해보면 자신이 얼마나 중독성 있는 보상을 추구하는지 정확하고 확실하게 알 수 있을 것이다. 단순히 중독성 있는 행동 양식을 따르기만 하는 것이 아니라, 아예 고도의 시스템으로 발달시켜왔음을 알게 될 것이다.

분명 듣기 괴로울 것이다. 그러나 이는 수행자가 되어 참선이라는 하나의 시스템을 통해 의식 수준을 향상시키고자 할 때 자기 자신에 대해 가장 먼저 알게 되는 것 중 하나다. 전통적인 선방의 참선 일정은 굉장히 힘들다. 그렇지만 그 일정이 가장 힘든 것은 아니다. 가장 힘든 것은 이미 중독성 있는 순간적인 즐거움을 추구하는 습관이 몸에 밴 상태에서 참선 일정을 따르는 것이다. 이는 마치 먹기 대회를 위해 훈련하면서 동시에 살을 빼려 하는 것과 같다. 그러니 애석하면서도 우스울 정도로 강렬한 내적 갈등이 일어날 수밖에 없다.

전통 참선의 가르침에 따르면 인간은 누구나 갈망과 혐오라는, 쌍둥이처럼 붙어 다니는 두 충동 사이에 끼어 있다. 불쾌한 것을 보면 황급히 도망치고 쾌락을 보면 쫓아가기 바쁘다는 이야기다. 대부분 채찍으로부터 도망쳐 당근을 쫓아가는 데 아주 능숙하다. 우리 문명 전체가 채찍과 당근의 원리를 중심으로 구성되고 그에 따라 운영된다.

우리는 지금껏 이렇게 살아왔다. 인생을 견딜 수 있게 해주는 여러 가지 중독성 있는 행위로 이루어진 하나의 시스템 안에서 늘 살아왔음에도 이제야 그것을 깨닫고 있는지도 모른다.

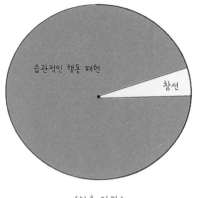

습관적인 행동 패턴

참선

〈하루 일과〉

우리의 일과는 사실 우리가 그날의 시간대별로
얻고자 하는 보상에 맞춰져 있을 것이다.

만약 자신의 삶을 이런 식으로 바라보는 것이 처음이라면 당연히 실망스럽거나 혼란스러울 수 있다. 나도 내가 어떻게 살고 있는지 처음 객관적으로 바라보려 했을 때 마음이 그러했다. 하지만 실의에 빠질 필요는 없다. 지금까지 중독성 있는 생활 방식으로 살고 있었음을 깨닫는 것은 정말로 좋은 일이다. 그런 깨달음 자체가 의식이 깨어나기 시작했다는 표시이기 때문이다.

중독적인 생활 습관 버리기 연습

이러한 점을 깨달았으면 이제 선불교 전통에서 '발원發願'이라고 부르는 것을 해야 한다. 발원이란 자기가 진정으로 원하는 것을 꼭 이루겠다고 맹세하는 것이다. 지금 당장 자신을 향해 큰 소리로 이렇게 말해보자.

"자유롭게 벗어날 거야! 진정한 행복과 자유를 찾겠어!"

그런 다음에는 인생에서 작은 것 한 가지를 바꿔보겠다고 결심해보자. 예를 들어 매일 조금씩 참선을 하겠다고 결심해보는 것이다. 하루에 한 번이라도 마음을 깨워보는 것이다.

아마도 그렇게 대단해 보이지는 않을 것이다. 하지만 그것이 진정한 변혁의 길로 들어서는 방법이다. 매일 조금씩 참선 훈련을 하면 깨끗한 마음이 갈망과 혐오의 긴 잠에 빠져 있다 깨어나기 시작한다. 그것이 눈을 뜨고 활동을 시작한다. 점점 더 많은 발원을 하기 시작한다. 뼛속에서부터 깊은 변화를 향한 간절한 염원을 품게 된다. 성장과 사랑, 혁신을 향한 염원을 말이다.

지금은 직업이나 관계 혹은 생활 방식을 바꿀 준비가 안 되어 있을 것이다. 당장은 술을 많이 마시고, 담배를 자주 피우고, 과식을 하고, 인터넷 서핑에 많은 시간을 허비하고 있을 것이다. 아직은 중독적인 생활 습관에 갇혀 지내고 있을 것이다. 그래서 중독성 있는 행동의 노예로 살고 있을 것이다.

그렇다고 해서 자기 자신을 싫어하지는 말자. 아무리 우울하고 절망적인 순간에도 우리는 고개를 들고 하늘을 보며 자기 자신을 향해 말할 수 있어야 한다.

"자유롭게 벗어날 거야! 진정한 행복과 자유를 찾겠어!"

매일 참선을 함으로써 우리 안에 있는, 행복해지고 싶고 고통으로부터 벗어나고 싶은 열망에 에너지를 불어넣자. 그러면 이 열망이 점점 자라나 아주 강력해질 것이고, 인생을 바꿔보려는 용기와 신념, 열정을 얻어 마침내 우리는 중독적인 행동의 사슬을 끊고 자유를 얻을 것이다.

7

스트레스에
실시간으로 대처하기 위한
참선

삶이 계획대로 되지 않는다는 것을 우리는 잘 안다. 우리는 모두 너무나 인간적이기에 이따금 늦잠을 자고서 화들짝 놀라며 일어나 걱정과 자책을 끌어안고 미친 듯이 뛰쳐나가기 바쁘다. 참선을 위해 따로 마련한 '나만의 시간'이 갑자기 고객이나 집안의 문제를 해결하는 데 쓰이기도 한다. 계획이 많을수록 일상의 방해도 더 잦아진다. 그래서 사찰과 같이 통제된 환경에서 생활하지 않는 이상 계획을 세우고 그것을 실천하려고 노력하는 것만으로는 충분하지 않다.

실시간 긴급 대응 조치로서 참선법을 적용할 수 있도록 우리 몸과 마음을 훈련해야 한다. 이것은 정서적으로 괴로울 때 즉각 참선 모드로 들어가는 반응이 일어나도록 습관을 들여야 한다는 뜻이다. 그 방법은 다음과 같다.

❶ 무언가에 마음이 상하면 곧장 참선 자세를 취한다.
❷ 행주좌와 중 어떤 자세를 취하든 척추를 곧게 편다. 자세가 완벽하지 않아도 된다. 안정적인 기반을 유지하며 척추를 곧게 펴야 한다는 것만 기억하자.
❸ 가능하면 마음의 평정을 되찾을 때까지 준비 호흡을 한다.
❹ 준비 호흡을 할 여건이 안 되면 곧바로 복식 호흡으로 들어

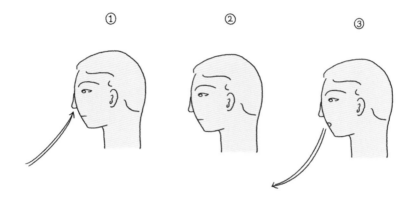

마음이 속상할 때는 몸으로 가자.

가되 평상시보다 좀 더 부드럽게 호흡한다.

❺ 어떤 형태로 호흡을 하든 그 호흡을 유지하면서 처음에 일어난 감정의 파도가 지나가고 머리가 맑아질 때까지 최대한 의식을 호흡에 집중한다.

자세와 호흡이 안정되면 "이뭣고?" 화두를 던지자. 걱정되고 원망스러운 생각과 이미지가 계속 떠오르더라도 맞서 싸우려고 하면 안 된다. 인내심을 갖고 참선을 해보자. 어떤 생각이나 이미지에 마음이 끌릴 때마다 인내심을 갖고 계속해서 의식의 초점을 되돌려 "이뭣고?"를 향하게 하자. 다시 기분이 괜찮아질 때까지 필요한 만큼 계속 반복한다.

주의할 점은 회복이 되었다고 느껴져도 강진 후에 여진이 계속되는 것처럼 부정적인 생각과 감정이 분명 다시 일어난다는 것이다. 그러니 회복이 되었다고 느낀 다음에도 계속 '참선 모드'를 유지하는 것이 좋다. 특히 정치적으로나 사회적으로 민감한 상황에 처했을 때 참선 모드를 유지하면 자신의 생각과 얼굴 표정, 언행을 조절하는 데 도움이 된다. 나중에 후회하게 될 말이나 행동을 자제할 수 있다.

참선의 토대 다지기

초보 수행자들은 마음이 괴로울 때 참선을 활용해 실시간으로 대처하는 것이 도움이 되고, 참선을 하지 않는 것보다는 확실히 낫다고 생각한다. 하지만 참선을 하고 나서도 여전히 괴로움을 느낄 수 있다. 이는 충분히 예상할 수 있는 과정이다. 참선은 마술이 아니라 훈련과 수련의 한 형태임을 기억하자. 세상에 그 어떤 것도 수년, 어쩌면 수십 년 된 감정의 습관이나 힘겨운 인간관계의 극적인 요소들을 단번에 지워버릴 수는 없다.

참선을 하면 처음에는 무엇보다 스스로를 조절할 수 있다. 감정에 휩쓸려 일을 망치는 것을 막아준다. 현대의 영적 스승들이 약속하는 '평화' '자유' '자애'에 비추어보면 이 정도는 별것 아닌 것처럼 보일 수 있다. 하지만 이는 매우 중요한 첫걸음이다. 우리가 처음으로 정서적 괴로움에 대처하기 위해 체계적인 접근을 시도하는 것이기 때문이다. 게다가 우리는 각자 개인적인 경험을 통해 뭔가 나쁜 일이 일어나 기분이 상했을 때 그 감정을 다스리는 데 보편적으로 적용할 수 있는 방법이 정말로 존재한다는 사실을 확인했다. 참선은 어두운 터널의 끝에 빛이 존재한다는 것을 알려주는 진정한 돌파구이다.

그러나 현실 상황에 참선을 적용할 때 단연코 가장 어려운 점은 그 방법이 아니다. 내 마음이나 주변 또는 이 둘 모두가 지옥같이 느껴질 때에는 "이뭣고?" 화두를 들어야 한다는 생각 자체를 못한다는 것이 가장 어려운 문제이다. 참선을 생각할 겨를도 없이 평생을 지속해온 인지·정서·행동의 습관적 반응이 자동적으로 일어난다. 자기도 모르게 돌아서면 후회할 말을 한다. 아니면 누군가를 모욕하고 쌀쌀맞게 외면함으로써 이미 힘겨워진 관계를 더 악화시킨다. 간혹 공들여 세운 계획을 충동적으로 확 바꿔 일을 완전히 망쳐버리기도 한다. 진행 중인 일을 감정적으로 갑자기 중단시키고 뒤늦게 부끄러운 기억으로 가슴에 새기기도 한다.

이렇듯 우리의 의식적인 자각보다 훨씬 빠르게 일어나는 오래된 문제적 반응을 어떻게 극복할 수 있을까?

해답은 모든 것이 괜찮을 때, 그러니까 평소부터 미리 참선하는 습관을 기르는 것이다. 나쁜 일이 전혀 없는 평소에 자세와 호흡법, "이뭣고?"가 몸과 마음에 깊이 배어들게 해야 한다. 아주 깊게 배어들어 제2의 천성이 되게 만들어야 한다.

그러려면 다시 계획이 필요하다. 아침에는 정중선을 길게 하고, 낮에는 짧게 여러 번 요중선을 하며, 밤에는 다시 정중선을 할 수 있도록 우리 일상을 계획해야 한다. 그렇게 해서 "이뭣고?"를 생활 방식에 완전히 접목시켜야 한다. "이뭣고?"가 계속 혀끝에 맴돌고 의식 속에 머물러야 한다. 선불교 전통에서 표현하는 것처럼 항상 눈앞에 떠 있어야 한다.

우리가 원하는 건 참선이 일상에 아주 자연스럽게 스며들고 우리 몸과 마음에 잘 자리 잡아서, 정서적으로 괴로운 일이 생기면 저절로 일어나던 기존의 습관적 반응을 참선으로 대체하게 하는 것이다. 어떤 일이 일어나면 그것이 어떤 일이든 우리는 자동으로 "이뭣고?"로 반응해야 한다.

참선을 처음 접하는 사람들에게는 이 모든 것이 다소 과하게 느껴질 수 있다. 그래서 이렇게 생각할지 모른다. '정말? 언제나 화두를 생각하라고? 나에게는 더 중요한 일이 많은데!'

그래서 다음과 같은 제안을 하고자 한다. 다음번에 조금 속상한 일이 생기면 참선을 시작하고 어떤 일이 벌어지는지, 어떤 느낌이 드는지 살펴보자. 그래서 참선이 효과가 있다는 것을 알게 되고, 참선으로 부정적인 감정을 더 악화시키는 연쇄 반응을 차단하는 예방 조치를 취했다는 생각이 들면 작지만 삶을 바꾸는 관점의 변화가 일어난다. 더 이상 짜증나는 일들이 우리의 행복을 가로막는다고 생각하지 않는다. 이제 그런 일들을 자기 발전의 기회로 여긴다. 사소한 짜증을 다스릴 줄 알게 될 뿐만 아니라 참선으로 더 큰 괴로움을 해결해야겠다는 생각이 든다. 그렇게 해서 속상한 상황에 대처하거나, 그런 다음 마음을 진정시킬 때 참선을 활용하게 된다. 시간이 좀 더 흐르면 화가 나는 모든 상황을 참선할 수 있는 기회로 보고, 몸과 마음을 제어하고 관리하는 능력을 더 정교하게 다듬고 개선하는 계기로 받아들이기 시작한다.

그리고 이 모든 일이 벌어지는 동안 우리는 참선을 하면 기분이 더 좋아진다는 사실을 계속해서 깨닫는다. 참선을 하면 우리가 맛있는 음식을 즐기고자 할 때 다른 이유가 필요 없는 것처럼 기분이 좋아지니까 하게 된다는 것을 알게 된다. 이제 참선이 하나의 유용한 방법이 아니라 그 자체로 목적이 된다. 우리는 인생을 경험하는 매 순간이 참선 상태, 즉 명료하고, 힘 있고, 자신감 있고, 편안한 상태가 되도록 노력하는 것이다.

이렇게 조금씩 참선과 대의심이 정신생리학적으로 우리의 기본적인 상태가 되어간다. 그렇게 되면 나쁜 일이 일어나도 이미 참선 상태에 있기 때문에 애써 참선을 시작하지 않아도 된다.

정신적 면역 체계

괴로운 감정이 폭발하기 전에 그런 감정을 없애는 방법을 익혔더라면 인간관계는 물론이고 여러 가지 책임을 수행하는 데 얼마나 효과적이었을지 생각해보자. 우리의 일상을 벌집처럼 들쑤시는 실망과 충격, 두려움과 분노, 심적 고통에도 끄떡없는 방탄복으로 스스로를 보호할 수 있다면 얼마나 안전하고 편안할지 생각해보자. 어떤 일을 하고 어떤 상황에 임하든 우리에게 상처를 주는 총알과 미사일이 마음에 닿기도 전에 해치우는, 전략적으로 유리한 무기로 무장하고 있다고 상상해보자. 사실 참선을 하나의 방어

체계라고 부르는 것도 적절하지는 않다. 그것은 우리가 의식적으로 전략적인 조치를 취하려고 노력한다는 의미를 내포하기 때문이다. 대신 **참선을 하나의 정신적 면역 체계라고 부르자.** 이 면역 체계는 자동으로 반응한다. 우리가 정신적으로든 육체적으로든 자극을 받았다고 느끼는 즉시 우리 몸이 본능적으로 허리를 곧게 펴고 의식적으로 호흡을 깊이 조절하기 시작한다. 그러면 마음이 맑아지면서 대의심으로 환하게 빛이 난다.

짧게나마 계획적으로 자주 참선을 하고 갑작스런 스트레스 요인에 참선으로 대응하는 이러한 전략을 통해 우리는 우리의 일상을 체계화하고 적절히 방어할 수 있다. 하루 일과 중 참선을 통해 몸과 마음을 정화하고, 재충전하고, 다시 집중할 수 있는 일종의 잠재적 휴게소 같은 지점들을 찾는 것이다. 이 전략을 쓰면 일하는 날이 더 이상 육체적·정신적 에너지를 끝없이 소진하지는 않을 것이다. 그 하루의 여정에서 우리는 곳곳에 오아시스를 만들고, 자기만의 고요하고 선명하고 활력을 주는 안식처를 갖게 된다.

업무 중에 짬을 내어 참선을 하면 그때마다 그 짧은 참선으로 얻은 깊은 평화와 에너지, 일깨움이 우리가 참선 후에 하는 일에도 스며든다. 이렇게 반복해서 짧게 참선을 하면 그것이 마치 사찰에 간간히 울리는 종소리처럼 반향을 일으켜 우리의 표정과 눈빛, 자세, 목소리, 움직이는 속도까지 부드럽고 밝아진다. 사람들이 우리의 변화를 알아차리기 시작한다. 인간관계가 더 화목해지고 일도

보다 순조롭게 진행된다.

　우리가 가만있다가 움직이고, 침묵하다 말하고, 내적으로 성찰
하다 밖으로 행동하는 것을 반복하는 사이에 우리의 일상은 마치
음악처럼 자연스럽게 리듬을 탄다. 이렇게 참선과 활동을 주기적
으로 반복하는 흐름이 우리 몸에서 생명이 작용하는 자연스러운 리
듬, 즉 숨을 들이마시고 내쉬며, 심장이 팽창하고 수축하며, 의식이
잠들고 깨어나는 그 리듬의 메아리가 되고 반영이 되며 연장선이
된다. 우리는 예술가처럼 참선과 일을 창의적으로 엮는 법을 배우
고, 매일 아침 대단히 의미 있고 보람 있는 삶의 하루를 창조하기
시작한다. 광란의 연속인 현대사회의 일상에서도 빛을 발하는, 무
척이나 아름답고 우아한 하루를 만들어나갈 수 있다.

8

화내는 습관을
바꾸는 참선

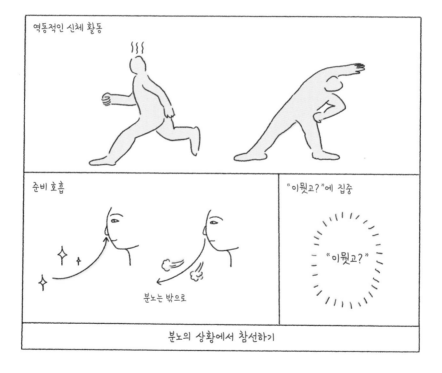

지금과 같이 급박하게 돌아가고 도발적인 자극으로 가득한 사회에서는 분노를 내려놓지 못하는 사람들이 많을 수밖에 없다. 간간이 불쑥 폭발하는 모습이든 천천히 계속해서 불만을 표하는 모습이든 거의 대부분의 사람들이 분노를 조절하지 못해 힘들어한다. 그런 사람들은 특히 참선을 배워 생각과 감정을 움직이는 원초적 힘인 삼독심三毒心을 냉정하게 바라보고 이해할 필요가 있다. 선불교 가르침에서는 탐貪·진瞋·치癡, 즉 탐욕과 분노, 어리석음이라는 세 가지 원초적이고 부정적인 마음 상태가 모든 정신적 괴로움과 그릇된 행동의 원인이라고 본다.

　삼독심을 이해하면 인간의 마음이 논리적이거나 합리적인 척하고 싶어하지만 실제로는 거의 그렇지 않다는 것을 알게 된다. 인간의 마음은 늘 폭풍처럼 밀려드는 생각과 감정으로 가득하고, 이런 생각과 감정은 대단히 부정적이고 변덕스러운 경우가 많아서 어떤 것이든 삼독심의 악순환을 일으킬 수 있음을 알게 되는 것이다. 이렇게 변화를 자극하는 깊은 통찰을 이해했다면 진화의 다음 단계로 나아갈 준비가 된 것이다. 이제 스스로에게 물어야 한다. 논리적으로 볼 때 무의식적으로 분노하는 습관에 사로잡혀 고통스러운 삼독심의 악순환을 반복하는 상황에서 어떻게 하면 만성적 분노를 통찰에 기반한 용서와 연민, 희망과 용기로 바꾸는 긴 여정에 나설 수 있을까? 지금 당장 정확히 무엇을 해야 할까?

우리가 가장 먼저 해야 할 일은 참선을 제대로 익히도록 훈련하는 것이다. 올바른 자세와 복식 호흡, "이뭣고?"를 화두로 참선하는 것이 자연스럽고 편안해져야 한다. 두 번째로는 참선을 이용해 분노에 대처하는 간단하고 구체적인 실시간 전략이 필요하다.

분노가 일어날 때

직장이나 학교 혹은 다른 민감한 사회적 상황에서 누군가 혹은 무엇인가로 인해 화가 났다고 가정해보자. 화가 나는 것이 몸으로도 느껴진다. 심장 박동이 빨라지고 얼굴과 몸에 열기가 퍼지고, 근육이 경직된다. 입 밖으로 내지 않는 게 최선인 말들이 목구멍까지 올라오고 머릿속은 불쾌한 기억과 복수의 시나리오로 가득하다.

이럴 때에는 환경이 허락하더라도 곧장 참선에 들어가면 안 된다. 심리학적 관점에서 보면 분노란 짧고 집중적이며, 강력하게 움직일 준비가 되어 있는 상태를 의미하기 때문이다. 투쟁 – 도피 반응 이론에 따르면 우리 몸은 싸울 준비를 하고 있다. 이런 상태에서는 고정된 자세로 가만히 앉아 있기가 무척 어렵다.

가능하다면 몇 분이라도 역동적인 신체 활동을 하는 것이 도움이 된다. 빠른 걸음으로 잠깐 산책을 하거나 운동을 하거나 방을 청소

하는 것도 좋다. 전신을 움직여 신체 에너지를 소모할 수 있는 활동을 하면 더 좋다. 그러한 활동을 하는 동안에는 신체 움직임에만 집중하여 여러 가지 생각이 그냥 흘러가게 두면 된다.

몸이 평소 상태로 돌아온 것 같다면 이제 올바른 좌선 자세를 취한다. 그런 다음 준비 호흡을 최소한 열 번 정도 반복한다. 화가 많이 난 상태라면 십중팔구 불쾌한 생각이 자꾸 떠오를 것이다. 준비 호흡으로 이런 생각을 흘려보내자. 숨을 길게 내쉴 때마다 뜨겁고 불안한 분노의 에너지를 모두 밖으로 내보낸다고 상상하자. 숨을 들이마실 때는 우주의 시원하고 맑은 기운이 가슴과 온몸에 퍼져 우리를 치유하고 생기를 불어넣는다고 상상하자.

준비가 되었으면 복식 호흡에 들어간다. 다시 한 번 길게 호흡하고, 계속해서 호흡 주기를 늘려가면서 몸의 긴장을 풀어주자.

마지막으로 "이뭣고?" 화두에 들어간다. 끊임없이 떠오르는 불쾌한 생각들과 씨름할 필요 없다. 밤하늘의 별똥별처럼 지나가게 두면 된다. 그러한 생각을 밀어내지도 말고 빠져들지도 않아야 한다. 계속해서 인내심을 갖고 "이뭣고?"로 의식을 되돌려야 한다.

당장에는 마음이 불안하고 집중도 잘 안 될지도 모른다. 그렇다고 억지로 마음을 원하는 상태로 만들려 애쓰지 말고 인내심을 가져 보자. 필요하다면 백 번이라도 "이뭣고?"에 다시 집중해야 한다.

연약하고 예민한 어린애 다루듯 마음을 다뤄야 한다. 야단쳐서

굴복시키려고 하면 안 된다. 인내심을 갖고 몇 번이고 달래서 불쾌하고 산만한 생각에서 벗어나 "이뭣고?"로 향하도록 이끌어주어야 한다.

이러한 방법은 나중에 후회하게 될 말과 행동을 하지 않게 도와줄 수 있을 것이다. 하지만 이것이 매우 유용하다고 하더라도 근본적으로는 마음에 붙인 반창고 같은 임시방편에 불과하다. 반창고는 상처를 보호해주기는 하지만 직접적으로 상처를 치료하는 것은 아니다. 이와 마찬가지로 우리를 화나게 만든 원인이 우리를 상처 입히고 격앙되게 만들면 그 불쾌한 생각들이 하루 종일 계속해서 떠오른다. 이럴 때에는 종일 방심하지 말고 적대적인 생각이 들 때마다 올바른 호흡과 "이뭣고?" 화두로 대응해야 한다. 그런 다음 하루가 끝날 무렵에는 조용한 참선으로 마음을 정화하고 치유하고 성장시키는 작업을 해야 한다.

집에서 조용한 참선에 깊이 들어갔을 때 갑자기 뭔가가 이해되고 생각이 떠오르더라도 거기에 휩쓸리지 말아야 한다. 분명 연민과 용서에 대한 생각부터 격노하고 격분하는 생각까지 여러 가지 생각이 들 것이다. 몸과 마음에 태풍이 불고 있는 것처럼 느껴질 수도 있다. 정해 놓은 시간까지 참선을 지속하는 것 자체가 도전으로 느껴지고 당장 일어나 누군가와 이야기를 나누거나 인터넷을 하고 싶겠지만 끝까지 견뎌야 한다.

참선으로 보다 더 빠르게 회복하기

참선으로 순식간에 분노가 사라지지는 않겠지만 회복하는 데 걸리는 시간은 확실히 줄어든다는 것을 기억해야 한다. 시간이 흘러참선을 해내는 능력이 향상될수록 화가 나는 상황이 빠르게 줄어드는 것을 알게 된다.

며칠간 밤마다 잠 못 들고 이리저리 뒤척이게 만들었던 생각들이이제는 하룻밤이면 사라진다. 예전 같으면 밤새도록 고민했을 문제가 이제는 잠시 참선을 함으로써 내일 아침에 다시 생각해보기로 마음먹고 숙면을 취할 수 있다. 예전 같으면 하루를 망치게 했을문제가 생겨도 이제는 잠깐 분개했다가 금세 진정이 된다.

이런 발전 과정을 거치면서 우리는 참선이 주는 가르침에 고마움을 느끼게 된다. 참선으로 삶의 질이 좋아질 뿐 아니라, 우리가더욱 건강해졌음을 깨닫는다.

9

사회적 지지의
중요성

처음 참선을 시작할 때 많은 사람들이 응원과 지지를 얻기 위해 곁에 있는 친구나 사랑하는 사람들에게 지지를 얻으려 하지 않고 명상 센터를 찾는다. 하지만 알다시피 명상 센터에서 보내는 시간보다 친구들이나 가족과 함께 보내는 시간이 훨씬 많다. 이따금 우리는 자신과 가장 가까운 사람들, 우리가 가장 많은 시간을 함께 보내고 우리를 가장 잘 아는 사람들의 지지를 받는 것이 얼마나 든든한 도움이 되는지 잊어버린다.

이제 막 참선을 시작한 사람들이 흔히 저지르는 실수가 있다. 친구나 동료, 사랑하는 사람들에게 적극적으로 참선을 권하는 것이다. 새로운 것에 열정이 생겼으니 그것을 사랑하는 사람들과 함께 누리고 싶은 마음은 십분 이해한다. 하지만 그럴 경우 대개 끝이 좋지 않다. 현대인들은 종교 활동이라고 생각하는 일에 강제로 이끌려가는 것을 좋아하지 않는다. 가족이나 파트너가 아무리 좋은 뜻으로 제안한다 해도 마찬가지다. 사실 가족이나 파트너가 권유하는 것을 특히 더 싫어한다.

처음부터 우리와 가장 가까운 사람들이 함께 참선하게 만들 필요는 없다. 단지 그들의 축복과 응원 또는 최소한의 이해 정도를 기대하는 것이 좋다. 혼자서도 할 수 있지만 우리와 같이 살고, 같이 일하며, 우리가 사랑하는 사람들에게 지지받을 수 있다면, 그것이 얼마나 고무적이고 유익한 일인지는 아무리 높이 평가해도 지나치지 않다.

그렇다고 해서 주변 사람들에게 일일이 찾아가 응원해달라고 부탁할 필요는 없다. 우리의 생각을 인정하고 동의하고 이해해줄 만한 사람들에게 집중해야 한다. 그렇게 하면 최소한 누가 진짜 우리 편인지를 확실히 알게 된다.

규칙적으로 참선을 하기로 했다는 계획을 다른 사람들에게 알리면 좋은 점이 또 하나 있다. 공개적으로 알렸다는 것은 자존심과 명예를 걸었다는 이야기이다. 이따금 얄팍한 자존심과 허영심이 동기부여에 효과적이기도 한다.

어떤 면에서 선원禪院이 계속 유지되는 원동력은 종교적 신념이나 영적인 열의보다 열심히 수행하는 동료들로 인해 느끼는 압박과 남들이 자신들을 어떻게 볼까 하는 두려움이 더 크다. 자신이 게으르다거나 단련이 안 되었다는 인상을 주고 싶지 않은 것이다. 그래서 거의 대부분의 사람들이 일정에 맞춰 꼬박꼬박 참선을 한다.

누구나 예외 없이 다른 사람들이 자신을 어떻게 생각하는지에 대해 염려한다. 인간의 이런 심리를 정신력이 약하다는 표시로 보고 무시하기보다는 더 고귀한 열망을 지지하는 데 이용하는 것이 훨씬 효과적이고 우리 자신에게도 너그러운 방법이다. 그러니 혼자 하지 말고 다른 사람들로부터 도움과 지지를 받는 것이 좋다.

참선이 잘되지 않는다고 걱정하지 말자. 무슨 일을 하든 하룻밤 사이에 전문가가 될 수는 없다. 이리저리 헤매고 부끄러움을 무릅쓸 각오를 해야 한다. 모든 종교가 겸손해져야 한다고 강조하는 진짜 이유가 바로 이 때문이다. 겸손함이 없다면, 바보 같은 짓을 해놓고 그렇게 한 자신을 것을 웃어넘길 수 없다면, 그런 사람은 위대한 일도 하지 못할 것이다.

사람들의 지지를 얻는 법

가족과 친구들에게 어떻게 말을 꺼내야 할지 모르겠다면 다음과 같은 방법을 시도해보는 것도 좋다. 물론 자기만의 계획이 있다면 그 계획대로 하면 된다.

매일 꾸준히 참선하려는 의도를 지지해줄 것 같은 사람을 최소 3명 이상 적어보자. 그 사람들이 가족이거나 직장 동료, 친한 친구라면 가장 좋다. 그들에게 자신이 하려는 일이 무엇인지 그 이유와 목표도 함께 설명해보자.

그런 이야기를 하는 이유가 무엇이냐고 묻는다면 뭔가를 요구하려는 것이 아니라, 단지 자신의 행동이나 태도가 달라져 놀라거나 당황할까 봐 말하는 것뿐이라고 하자. 이왕이면 응원해주면 좋겠다고 말하자. 그런 다음 고맙다고 말하면 된다.

어떤 친구들은 면전에 대고 비웃거나 놀릴 수도 있다. 그래도 괜찮다. 당황할 것 없다. 더 발전하려 하는 자신의 의도를 스스로 존중하고 확신을 갖자. 마음속에서 화가 일어난다면 참선을 이용해 그 감정에 대처하자. 그들의 태도를 확인했으니 나중에 그들이 보일 수 있는 거부 반응에 대처할 방법을 생각해볼 수 있다.

다른 사람이 성장과 발전을 위해 노력할 때 위기감을 느끼는 사람들이 있다. 이들 역시 당신에게 부정적인 태도를 보일 수 있다. 그런 사람들 때문에 화가 나거나 의기소침해질 필요 없다. 지지를 바랄 필요도 없다.

그런 사람들은 그냥 넘겨버리고 좀 더 도움이 될 만한 다른 사람을 찾아보자. 세상에는 부정적인 사람들이 늘 있기 마련이다. 그보다는 희망을 갖고 기회가 오면 기꺼이 도전해보려는 사람들이 세상에는 훨씬 많다. 게다가 그렇게 위험을 감수하는 사람들을 존중하고 응원해주려는 사람들도 많다. 물론 그렇지 않은 듯 여겨질 때도 더러 있겠지만, 실제로는 응원하고 지지한다. 당신이 그런 사람들과 교류하고 있느냐 아니냐의 문제일 뿐이다.

우리는 이런 과정을 통해 우리를 진심으로 이해하고 받아들이는 사람이 누구인지 명확히 알게 되고, 서로 발전을 도모할 수 있는 사람들로 자신의 인간관계를 재조정하면 된다. 이러한 것들이 정신적 지지 기반을 확립하는 데 필요한 첫걸음이다.

혼자 하지 말고 다른 사람들로부터 도움과 지지를 받는 것이 좋다.

4
부

자기만의
참선 계획
짜보기

1

하루 참선
계획 세우기

먼저 참선 계획을 세우는 데 포함되는 중요한 요소들을 살펴보자.

- □ 좌선과 입선, 행선과 와선하는 법을 익혔는가?
- □ 집과 직장에 참선을 위한 공간을 마련했는가?
- □ 각자 인생에서 중요하게 생각하는 사람들로부터 지지를 얻어냈는가?

이 세 질문에 모두 "예"라고 답한다면 이제 매일 할 수 있는 개인 맞춤형 참선 프로그램을 만들 시간이다.

여기서 제안하는 방법은 전통 참선법을 현대화한 것이다. 현대식 하루 참선 일과는 오래전부터 내려오는 한국 승려들의 일과를 토대로 아침 정중선, 점심 요중선, 저녁 정중선 이렇게 세 부분으로 이루어진다.

아침, 점심, 저녁의 참선은 21세기 사회생활에 필요한 정신적·육체적 자기 계발의 서로 다른 면에 각각 중점을 둔다.

아침 정중선의 목적은 졸음과 무기력에서 벗어나 중심을 잡고 맑은 정신으로 하루를 준비하는 데 집중할 수 있도록 이끌어주는 것이다.

점심 요중선은 직장에서 업무를 보면서 참선하는 것으로, 최적의 업무 성과를 올리고 스트레스에 대처하는 것이 목적이다.

마지막으로 저녁 정중선은 몸과 마음을 정화하고 치유하며 발전시키기 위한 것이다.

이와 같은 하루 참선 일과는 일상을 지지하고 보호하며 힘을 불어넣는다. 또한 개인적인 성장과 마침내 정신적인 변혁으로 나아가는 데 도움을 준다. 결국 참선은 우리의 경험과 생활 방식을 모두 변화시킨다.

조용한 아침 참선
중심을 잡고 맑은 정신으로 집중하기

대부분의 한국 사찰에서는 하루를 시작하는 몇 시간 동안 할 일을 엄격하게 정해놓는다. 전통적인 선불교 선원에서 생활하는 사람들은 새벽 3시에 기상해서 오전 6시에 아침 공양을 할 때까지 정해진 일정을 엄격하게 따른다. 그러다 보면 어느새 아침에 할 일들이 몸에 깊이 배어 아무리 졸리고 혹은 의욕이 없어도 평소와 같이 의식에 참석하고 참선을 하게 된다. 사찰에서 공동체 생활을 하는 목적이 바로 이것이다. 어떻게든 마음 수양을 위한 활동에서 일탈하지 않고 계속 해나가는 생활을 고수하다 보면 참선하는 습관이 깊이 뿌리내리고, 정신적 성장과 건강을 도모하는 긍정적인 생활 습관이 자리 잡게 된다. 이것이 바로 우리가 이루려고 하는 것이며, 그 모든 과정을 아침에 일어나자마자 시작한다.

기상 시간 정하기
하루를 시작하는 습관 만들기

잠에서 깨어 눈을 뜨는 시간이 하루 중 가장 중요한 순간이다. 그런데 보통 누운 채 이 생각 저 생각 떠올리거나 더 나쁘게는 그날 해야 할 일에 대한 불안감으로 몸이 준비되기도 전에 벌떡 일어나 나간다. 그보다는 의식적으로 몸과 마음을 준비한 상태에서 하루를 시작하는 습관을 길러보자. 몸과 마음이 중심을 잡고 명료한 상태에서 집중할 수 있게 만드는 것이다.

그러기 위해 첫 번째로 필요한 것은, 바쁘고 정신없는 현대인들에게 가장 간단하면서도 어려운 기상 시간을 정하는 일이다. 그리고 그 시간을 반드시 지켜야 한다. 기상 시간을 정하는 이유는 잠을 충분히 자되 늦잠을 자지 않기 위해서이다. 또한 정해진 시간에 일어나야 아침 참선 약속을 지킬 수 있기 때문이다. 참고로 한국의 스님들은 하루 6시간 수면을 취하도록 일정이 짜여 있다. 반면에 과학자들은 건강을 유지하려면 하루 7~8시간의 수면이 필요하다고 말한다. 그렇다면 각자의 하루 평균 활동 수준과 스트레스 정도에 따라 6~8시간 사이에서 수면 시간을 정하는 것이 합리적일 것이다. 어떤 식으로든 기상 시간을 정하고 사찰에서 생활하는 것처럼 시간을 지켜보자.

그런 다음에 이제부터 소개할 아침 참선 일정을 따르면 된다.

아침 참선법

아침에 정신이 서서히 들기 시작할 때 곧바로 일어나지 않는다. 그 대신 누운 상태로 올바른 참선 자세를 취한다. 컴퓨터 전원을 켜면 부팅이 되기까지 조금 기다려야 사용할 수 있듯이 우리 몸과 마음도 주의와 관심이 필요하다. 누운 상태로 참선을 하면 정신이 맑아지고 육체적으로 준비가 되는 데 필요한 시간을 스스로에게 줄 수 있다. 그렇게 3~5분 정도 참선을 한다. 너무 길게 할 필요도

누운 자세로 하루를 시작하는
아침 참선

없다. 누운 상태로 참선하는 연습을 조금 하는 것뿐이기 때문이다.

　누운 자세로 하루를 시작하는 첫 참선을 하고 나면 씻고 스트레칭을 조금 해도 된다. 그런 다음 다른 일을 하지 말고 곧장 참선 의자나 방석으로 가서 앉는다. 이때 초보자들의 경우 향을 피우면 기분이 좋아지고 참선에도 도움이 된다고 느낀다. 향내가 정신을 깨어 있게 하는 동시에 마음을 차분하게 만들어주고, 그날 해야 할 일들에 대한 걱정에서 벗어나게 해주기 때문이다.

❶ 참선을 시작할 때는 항상 준비 호흡으로 시작하는 것을 기억하자. 준비 호흡은 몸에 활력을 불어넣는 동시에 긴장을 풀어줄 것이다.

❷ 복식 호흡과 함께 "이뭣고?" 화두를 들기 시작하면 이제 몸과 마음이 절묘한 균형을 이루려고 노력하고 있다는 것을 기억하자. 꼭 필요한 근육만 사용해 몸의 긴장을 풀고, 균형감과 안정감을 유지해야 한다. 감정은 흔들림 없이 차분하고 평화로울 것이다. 그러면서도 정신은 점점 더 맑고 초롱초롱해질 것이다. 이런 식으로 몸과 마음이 중심을 잡아간다.

❸ 복식 호흡을 하면서 "이뭣고?"를 읊을 때마다 대의심의 강도가 높아진다. 정신이 맑고 깨끗한 아침 시간에는 "이뭣고?"라고 물을 때 최대한 절박하고 진실한 어조여야 한다. 온 마음을 담아야 한다.

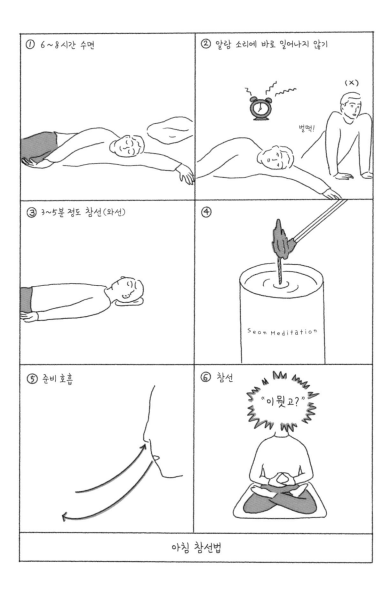

아침 참선법

마구잡이로 떠오르는 생각과 이미지, 걱정들을 대의심이 어떻게 태워 없애는지 느껴보자. 깊은 호흡에서 오는 에너지의 흐름이 몸에서 긴장과 부담을 없애는 것을 느껴보자. 대의심의 빛이 우리 마음을 환하게 비추게 하자. 그러면 우리는 정말로 완전히 잠에서 깬다. 비로소 명료해진다.

여기서 명료함은 단순히 머리가 맑아진다는 뜻이 아니다. 명료하다는 것에는 여러 차원의 의미가 있다. 먼저 육체적 명료함이 있다. 신체적 조합이 명료해진다는 뜻이다. 이 말은 우리가 호흡을 하고 참선을 하면 어깨와 팔다리, 척추, 골반이 바르게 정렬된다는 뜻이다. 그렇게 되면 확실히 안정감을 느낀다. 몸이 제대로 균형을 잡고 선명하게 빛을 발하며 편해지는 것을 느낄 수 있다.

❹ 그다음으로는 정서적 차원에서 아주 깊은 감정을 경험하게 된다. 단순히 감정이 차분하기만 한 것이 아니라 이제는 깊은 확신이 생긴다. 더 이상 쾌락과 도피를 갈구하지 않는다. 마음이 탐욕과 불안의 마법에서 깨어나기 시작한다. 우리 마음에 필요한 것을 깨닫기 시작한다. 절박함은 강렬하지만 두려움이나 이기심은 없다. 이것이 정서적 명료함이다.

❺ 마지막으로 정신이 명료해진다. 이는 단지 논리적으로 생각한다는 뜻이 아니다. 더 이상 두려움과 의무감에 휘둘리지 않는다. 정해진 방식이나 다른 사람들의 생각에 연연하지도

새로 태어나는 아침

않는다. 확실한 목적의식을 갖고 사고하게 된다. 오늘 반드시 해야 하는 일이 무엇인지, 왜 그 일을 해야 하는지, 어떻게 해 나갈 것인지 아주 세세하고 정확하게 안다. 관찰하고 평가하고 곰곰이 생각하고 결정하는 모든 과정이 강박적 사고와 정서적 불만에 휩쓸리지 않고, 핵심 가치에 대한 시각과 확실한 신념에 맞게 흘러간다.

아침 참선은 우리 인생의 진정한 목적을 다시 한 번 확고히 한다. 우리가 가진 가장 진실하고 특징적인 면을 일깨운다. 이것이 하루를 시작하는 올바른 마음가짐이다.

이렇게 다양한 차원에서 명료해지는 것은 마법이 아니다. 정말로 몸과 마음, 영혼을 다해 "이뭣고?" "나는 누구인가?" 하고 스스로에게 진심으로 물을 때 자연스럽게 일어나는 결과일 뿐이다. 참선을 하면서 자신의 의식을 그 근원으로 돌리면 자신의 진정한 모습, 애초에 의도했던 모습과 직접 만날 수밖에 없다.

처음부터 참선은 우리 스스로 자신의 본성을 깨닫게 하려고 만들어졌다. 그 깨달음은 우리가 참선을 할 때마다, 숨을 참았다가 "이뭣고?"라고 스스로에게 물을 때마다 일어나는데 우리의 능력과 노력, 성실함에 따라 그 정도가 다르다. 따라서 새로운 하루가 시작되는 아침에는 특히 온 힘을 다해 참선을 해야 한다.

활동적인 오후 참선
스트레스를 없애고 최적의 성과 얻기

초보자라면 대부분 참선을 하면서 동시에 다른 일을 하는 것이 불가능하다고 생각한다. 실제로 가만히 서서 참선에 집중하거나 아니면 닥치는 대로 일에 몰두하느라 참선하는 것을 완전히 잊어버리거나 둘 중 하나다. 그게 당연하다. 결코 당황할 필요 없다.

처음부터 두 가지를 동시에 하는 법을 배워야 한다. 먼저 근무 시간 중에 3~5분간 아주 짧게 참선할 수 있는 시간을 찾거나 마련해야 한다. 가능하면 이렇게 짧게 참선하는 시간을 하루 일과에 포함시킬 수 있어야 한다. 이러한 과정이 매우 중요한 이유는, 말 그대로 참선과 근무 시간을 구조적으로 접목하는 것이기 때문이다.

다음으로는 불가피하게 맞닥뜨리는 스트레스 요인들을 참선을 이용해 처리하는 습관을 들여야 한다. 나는 참선이 정신적 고통에 대처하는 실시간 대응 체계라고 말해왔다. 이제 그것을 현실에 적용할 시간이다. 정말로 그렇게 살려면 어떻게 해야 하는지 배워볼 것이다.

일하는 시간에 참선을 접목하는 법

잠시 여유가 생기면 펜과 공책을 들고 편안한 의자에 앉아보자. 눈을 감고 여느 평일과 같이 잠에서 깼다고 상상해보자. 아침 정중선을 막 끝냈다고 상상해보자. 이제 일상으로 들어가면 가장 먼저 하는 일을 마음속에 자세히 그려보자. 앉아서 아침 식사를 하는가, 아니면 식사를 챙겨 이동하거나 아예 식사를 거르는가? 그다음에는 무엇을 하는가? 직접 운전해서 출근하는가, 아니면 대중교통을 이용하는가? 그것도 아니면 재택근무를 하거나 자녀를 돌보는가? 점심시간까지 각자 하는 일을 전부 아주 세세하게 마음속에 떠올려보자. 아침의 일상을 한 편의 영화처럼 떠올려보자. 뒤로 되감고, 앞으로 빠르게 돌리고, 다양한 속도로 다시 볼 수 있는 한 편의 영화처럼 말이다.

이렇게 하면서 행주좌와 중 한 가지 자세, 즉 앉거나 가만히 서 있거나 걷거나 누워 있는 자세를 3~5분 또는 그 이상 유지하는 때를 찾아보자. 그런 상황들을 노트에 기록해보자.

AM 07:30 버스 기다리기

AM 08:00 지하철에 앉아 휴대전화 보기

AM 08:30 회사 근처 카페에서 커피를 주문한 뒤 회사까지
15분간 걷기

AM 09:00 회사에 도착해 컴퓨터 켜고 이메일 확인하기

AM 10:30 휴게실에서 10분간 휴식하기

이렇게 적어보면 매일 일상적으로 참선을 할 수 있는 기회가 보인다. 우리가 행주좌와 네 가지 자세로 편안하게 참선하는 법을 훈련했다면, 이제 평일에도 시간이 날 때마다 다양한 자세로 대의심을 일으키고 참선을 할 수 있다.

이제 점심시간부터 저녁 전까지의 일과를 떠올려보자. 가만히 있는 순간만 떠올리는 게 아니다. 집중력이 가장 떨어질 때나 공상에 빠질 때, 여러 가지 생각들로 심란할 때도 떠올려보자. 통계학적으로는 오후 중반쯤에 나른함을 경험하는 사람들이 아주 많아서 하루 중 이때가 생산성이 가장 떨어지고 사고도 가장 많이 발생한다. 이 시간대에 정신이 흐려지는 경향이 있다면 책상에 앉은 채로 아니면 일어서서 잠시 참선을 하며 기분 전환하는 시간을 일과에 포함시켜보자.

PM 02:30 업무 중 자리에 앉아 10분간 휴식하며 참선하기

PM 04:00 휴게 공간으로 이동하여 10분간 입선 또는 행선하기

마지막으로 저녁 식사부터 잠자리에 들 때까지의 모습을 떠올려보자. 텔레비전을 너무 많이 본다거나 인터넷 서핑을 하느라 혹은

전화로 수다를 떠느라 시간 가는 줄 모르는 비생산적인 습관들을 찾아보자. 별로 유익하지 않은 이런 습관들 중에 참선으로 대체할 만한 것이 있는지 살펴보자.

PM 10:00   텔레비전 시청 또는 게임 대신 좌선하기

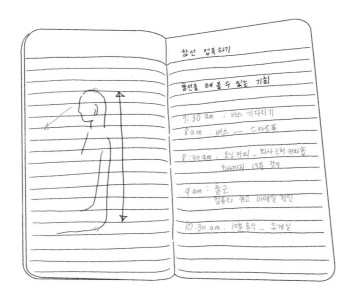

이제 하루 일과에 행주좌와 중 어느 자세로든 잠깐씩 참선할 수 있는 시간을 꽤 적었을 것이다. 그러면 그것이 요중선을 위한 계획표가 된다. 이런 식으로 아침부터 밤까지 하루 일과를 정리한 뒤에는 242쪽의 체크리스트를 참고해보자. 직장에서 참선하는 법을 배울 때 필요한 것들이 무엇인지 전체적으로 보여준다.

차분한 저녁 참선
몸과 마음을 정화하고, 치유하고, 발전시키기

하루가 끝날 무렵이면 우리 몸에 땀과 때가 뒤섞인 얇은 막이 덧씌워지는 것처럼 우리 마음도 끈질기게 반복되는 생각과 이미지, 음성, 기억의 얇은 흐름에 출렁인다. 마음에서 일어나는 것들의 대부분은 그날 벌어진 일들과 관련이 있다. 몸이 뻣뻣하고 피곤하게 느껴지듯 마음도 딱딱하게 굳은 것처럼 느껴져 창의적인 생각을 할 수가 없다. 마음이 무겁고 슬프기까지 하다. 어쩌면 몸보다 마음을 더 정화시키고 진정시켜야 하는지도 모른다.

그러나 대부분의 현대인들은 참선하는 법을 몰라 대개 오락거리에서 위로와 위안을 기대한다. 우리의 마음속에 끝없이 밀려드는 걱정스럽고 원망스러운 생각들로부터 잠시 벗어나려는 것이다.

대부분의 현대인들이 찾는 오락거리는 대개 소비 형태를 취한다. 그리고 우리의 현대 문화는 기분 전환을 목적으로 무수히 많은 종류의 소비 물품과 서비스를 제공한다. 텔레비전과 인터넷 쇼핑, 음식, 술, 담배, 그리고 소셜 미디어가 대표적인 예이다.

그러나 오락거리로는 진정한 위로나 위안을 얻지 못한다. 그것은 잠깐의 즐거움을 제공할 뿐이다. 사실 오락거리가 주는 즐거움은 너무 짧아서 즐거움이 사라지고 나면 고통스럽고 더 큰 상실감을 남긴다. 전보다 더 괴롭고 불만스러운 상태가 된다.

오락거리는 궁극적으로 우리의 에너지와 창의력을 고갈시킨다. 간식이든 맥주든 텔레비전 프로그램이든 짧고 강렬하게 오락거리를 즐기고 나면 왠지 더 공허하고, 슬프고, 자신감이 없어진다. 그러면 우리는 이런 부정적인 감정 때문에 자극적인 오락거리를 또다시 찾게 되고, 완전히 감각이 무뎌져 아무것도 느끼지 못하게 될 때까지 악순환을 반복하게 된다. 그래서 너무나 많은 사람들이 이렇게 감각이 마비되고 포기와 절망에 휩싸인 채로 잠이 든다.

그런데 하루를 마무리하는 더 좋은 방법이 있다. 집에 마련해놓은 참선 공간에서 정식으로 좌선하는 시간을 하루의 마지막 참선 일정으로 일과에 포함시키는 것이다. 그 방법은 다음과 같다.

하루의 마지막 참선

❶ 이제 참선하는 자리로 가서 올바른 자세를 취한다.

❷ 준비 호흡을 한다. 이 시간쯤이면 집중력이 떨어지고 몸이

피곤할 수 있다. 부드럽게 준비 호흡을 한다. 준비 호흡으로 몸과 마음의 긴장을 풀자. 숨을 내쉴 때마다 그날의 모든 걱정과 사건, 사고들을 모두 밖으로 내보낸다고 상상하자.

❸ 머리가 맑아지고 현재에 집중하는 것처럼 느껴질 때까지 필요한 만큼 계속해서 준비 호흡을 한다. 호흡이라는 단순한 행위에 자연스럽게, 침착하게 집중할 수 있으면 이제 마음이 정화된 것이다.

❹ 그런 다음 복식 호흡에 들어간다. 거듭 말하지만 복식 호흡은 부드럽게, 심지어 다정하게 해야 한다. 우리는 지금 몸에 양식이자 영양분인 산소와 에너지를 공급하고 있는 것이다. 복식 호흡은 자기를 사랑하고 수용하는 행위이다.

❺ 마음이 에너지를 다시 얻고 집중력을 회복하면 "이뭣고?"를 읊조리며 대의심을 일으키기 시작한다.

❻ 몸은 편안하게, 감정은 차분하게 유지한다. 대의심이 몸과 마음의 내부 공간을 환히 비추게 하자. 마구잡이로 일어났던 생각과 감정들이 그 빛으로 인해 어떻게 소멸되는지 지켜보자. 이제 마음이 치유되고 있다.

❼ 계속해서 "이뭣고?" 화두를 던지고 대의심을 유지한다. 여러 가지 생각들이 오가도 내버려두자. 그동안 걱정했던 문제들에 대한 해결책이 저절로 떠오르는 것을 느낄 것이다. 최근에 겪은 일들로부터 교훈을 얻고 다음에는 다르게 해보겠다

하루의 마지막 참선을 할 때는 몸은 편안하게,
감정은 차분하게 유지한다.

는 결심도 선다. 우리의 마음이 스스로 발전해나가는 것이다. 계속 "이뭣고?"에 집중하면서 대의심이 약해지지 않게 한다. 새롭게 알게 된 사실들을 움켜잡으려 하지 말고 흘러가게 두자. 우리가 성장하고 있다는 것을 믿어보자.

❽ 참선이 끝나면 기도하는 자세로 두 손을 모은 뒤 허리를 살짝 굽힌다.

❾ 곧바로 잠자리에 누워 올바른 와선 자세를 취한다.

❿ 부드럽게 복식 호흡을 하고 "이뭣고?" 화두를 던지며 잠을 청한다.

이렇게 밤에 참선을 하면 우리가 보낸 하루를 의미 있게 만들 수 있다.

저녁 참선은 지친 머리와 가슴을 깨끗이 씻어주고 생명력을 불어넣는다. 그래서 저녁 참선을 하면 맑은 의식으로 그날의 기억들을 가지런히 정리하고 흡수할 수 있다. 이렇게 하면 아무렇게나 일어난 것 같았던 일들이 의미 있는 경험들로 바뀐다. 그러다 보면 배우는 것이 생긴다. 논쟁적인 자기 성찰이나 심각하고 철학적인 이야기보다 참선을 통한 인생 공부가 훨씬 더 쉽고 즐겁고 효과적이라는 것을 알게 된다. 이렇게 참선으로 자기 성찰을 하는 마지막 과정이 없으면 하루하루가 그저 사건과 자극의 연속일 뿐이어서 흐릿한 단편들로만 기억된다. 삶이 무의미하게 느껴지는 것도 바로 이 때문이다. 하루하루가 무척 바쁜 것 같아도 하루가 끝날 무렵에는 아무것도 한 게 없는 것처럼 느껴지는 것도 같은 이유다.

참선하는 스님들은 "**아침에 일어나면 새로운 삶으로 태어나는 것이며, 밤에 잠자리에 들 때는 한 생을 다한 것이다**"라는 말을 즐겨 쓴다.

아침에 하는 참선은 우리를 새로운 하루, 즉 새로운 인생으로 태어나도록 도와주는 산파 역할을 한다. 밤에 지쳐서 당장이라도 눕고 싶을 때 하는 참선은 우리를 죽음과도 같은 쉼으로 인도하는 간호사 역할을 한다.

참선을 통해 우리는 과거의 모든 영향을 벗어버리고 새롭게 생명력을 얻는다. 밤이라는 자궁 속으로 들어가 다음 날 아침에 새로 태어날 수 있다. 과거의 편견에 얽매이지 않고, 옛 감정의 그늘에서 벗어나 완전히 새롭고 완전히 자유롭게 다시 태어날 수 있다.

참선은 우리의 의식과 삶이 새로 태어나는 길이다.

참선 일기(계획표) 써보기

참선 일기를 꾸준히 쓰면 아주 큰 도움이 된다. 참선 일기에 꼭 기록해야 할 최소한의 내용은 다음과 같다.

참선 일기

기상 시간 :

아침 참선 :

참선 시간 :

참선 내용 :

오후 참선 :

참선 시간 :

참선 내용 :

저녁 참선 :

참선 시간 :

참선 내용 :

취침 시간 :

메모 :

- 일어나는 시각과 잠자리에 드는 시각
- 아침, 점심, 저녁에 각각 참선한 시간
- 아침, 점심, 저녁에 각각 수행한 참선의 종류(예를 들어 좌선을 했는지, 입선을 했는지, 아니면 행선이나 와선을 했는지)
- 참선을 통해 알게 된 모든 것

예를 들면 "행선은 내가 긴장했을 때 하면 좋다는 것을 알았다" "오후에 와선을 하면 안 되겠다. 하다가 잠이 들어버린다" "참선을 하고 난 뒤 사람들과 이야기할 때의 내 모습이 좋다" 등을 기록한다.

이렇게 매일 참선을 하고, 그 과정을 점검해 기록으로 남기려고 노력하면 자신의 성장과 발전을 지켜보는 법을 배우게 된다. 참선으로 인한 긍정적인 변화를 체계적으로 관찰하고 인정할 수 있을 때 비로소 건강하고 의미 있는 삶을 살아갈 수 있다. 또 자신의 능력에 강한 확신이 생긴다. 그뿐 아니라 돈으로 살 수 없는 대단히 값진 것, 바로 희망과 영감을 얻게 된다.

2

초보자를 위한
한 달
참선 프로그램

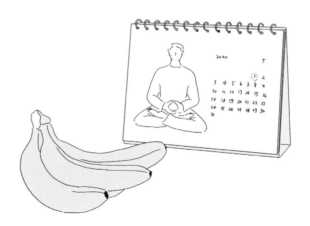

한 달 만에 익숙해지는 참선

일상생활에 참선을 접목시키기로 마음먹었지만 아직 초보자라면 몇 분 이상 앉아 있기가 어렵다. 선 채로 또는 걷거나 누워서 참선하는 것은 더 어렵다.

참선을 처음 시작하는 사람들을 위해 한 달 동안의 참선 훈련 스케줄을 제안한다. 다양한 자세와 호흡법, 대의심을 바탕으로 집중하는 법에 익숙해지는 데 도움을 주고자 만든 일정이다. 이 스케줄대로 시도해본다면 참선 수행이라는 낯선 생활에 자연스럽게 친숙해지도록 도와줄 것이다. 처음에는 단 몇 분만 시도해봐도 괜찮다.

과학자들의 연구 결과, 참선을 해본 적 없는 사람들도 단 몇 분간 참선을 하면 뇌와 신체에 바로 긍정적인 변화가 일어나는 것으로 밝혀졌다. 참선을 하면 시작과 동시에 곧바로 그 혜택을 누리게 되는 것이다.

따라서 하루에 단 몇 분 참선하는 것으로 소박하게 시작해도 괜찮다. 다른 형태의 자기 계발과 마찬가지로 참선도 어쩌다 한 번 오래 하는 것보다 매일 조금씩 꾸준히 하는 것이 더 효과적이다.

한 달간의 참선 훈련 스케줄에는 세 가지 목적이 있다.

첫째, 네 가지 기본적인 참선 자세를 능숙하게 해낸다.

둘째, 매일 참선하는 습관을 들인다.

셋째, 참선의 실질적인 혜택을 직접 경험한다.

여기서 세 번째 목적이 가장 중요하다. 처음 한 달 동안 참선이 주는 특별한 보상을 직접 체험하는 것이 정말 중요하다. 참선이 우리를 더 건강하게 해주고 스트레스를 줄여주며 행복하게 해줄 뿐 아니라 통찰력까지 키워준다는 것은 익히 들어서 알고 있을 것이다. 하지만 이런 주장이 사실인지는 직접 확인해봐야 한다. 그러한 혜택을 확인하면 비로소 불확실한 믿음이 아니라 부인할 수 없는 개인적 경험이 되어 앞으로 수행하는 데 심리적 기반이 된다. 맹목적인 믿음이 아니라 경험으로 얻은 확신이 참선 수행의 원동력이 되는 것이다.

스케줄 A와 B 그리고 C

참선의 여러 자세 중 가장 중요한 것은 좌선이다. 하지만 서서 하는 입선과 누워서 하는 와선, 걸으며 하는 행선도 연습해야 한다. 참선을 처음 시작할 때 하루씩 번갈아가며 할 수 있는 일정을 소개한다.

스케줄 A : 월요일, 수요일, 금요일

❶ 하루 중 좌선하기 좋은 시간을 선택한다.

❷ 월요일, 수요일, 금요일마다 같은 시간에 의자나 방석에 앉아 10분간 좌선을 한다. 몸이 유연하지 않다면 의자에 앉아서 하는 것이 좋다.

❸ 15~20분간 쉬지 않고 참선할 수 있을 때까지 몇 주에 걸쳐 참선 시간을 서서히 늘려간다. 원한다면 한 번에 30분에서 한 시간 동안 참선할 수 있을 때까지 연습해도 된다.

스케줄 B : 화요일, 목요일, 토요일

❶ 하루 중 입선과 와선을 하기에 좋은 시간을 선택한다.

❷ 화요일, 목요일, 토요일마다 그 시간에 5분간 서서 참선을 하고 다시 5분간 누워서 참선을 한다.

❸ 원하지 않는다면 입선과 와선 시간을 더 늘리지 않아도 된다. 다만 자기 전에 참선하는 습관을 들이는 것은 좋다.

스케줄 C : 일요일

일요일에는 행선하는 일정을 추가해도 좋다. 시간을 정해놓고 혼자 산책하듯 걸으며 참선하면 된다.

❶ 스스로에게 휴식을 주고, 일어나고 싶을 때 일어난다.

❷ 행선을 하면 좋을 시간과 장소를 정한다.

❸ 최소 10분간 행선을 한다. 원하면 시간을 늘려도 되지만 꼭 그래야 하는 것은 아니다.

이왕이면 낮에 햇볕을 쬐며 행선하는 것을 권하고 싶다. 행선을 하는 10분 동안은 진지한 자세로 집중하는 것이 중요하다. 공상에 빠지지 않도록 주의해야 한다. 하지만 행선을 마치고, 느긋하게 걸으며 공상을 즐기는 것은 전혀 문제없다.

만약 날씨가 좋지 않으면 실내에서 행선을 해보자. 그것도 여의치 않으면 입선을 하면 된다.

한 달 동안 하루도 거르지 않고 스케줄 A나 스케줄 B 혹은 스케줄 C까지 모두 해낼 수 있는지 지켜보자. 어쩌다 하루 빼먹더라도 그것을 핑계 삼아 전부 포기해서는 안 된다. 다시 도전해 한 달째 되는 날까지 꾸준히 해보자.

한 달 참선 계획표

'초보자를 위한 한 달 참선 프로그램'을 시도하고 있다면, 월간 일정표를 만들어 활용하면 도움이 된다. 236~237쪽에 월간 일정표 예시를 만들어두었다.

 '초보자를 위한 한 달 참선 프로그램' 일정표를 각자 만들어서 벽에 잘 보이게 걸어두자. 하루하루 빈칸을 채워나가면 엄청난 만족감을 느낄 것이다. 한 달 프로그램을 마친 뒤에도 그 일정을 유지해야 한다. 그러다 보면 자부심이 생긴다. 빈틈없이 채워진 일정표는 이 프로그램을 혼자서 관리하고 완료했음을 인정하는 자기만의 '수료증' 같은 것이 된다.

한 달 참선 계획표	일 행선	월 좌선	화 입선/와선
		1 참선 시간 내용	2 참선 시간 내용
	7 참선 시간 내용	8 참선 시간 내용	9 참선 시간 내용
	14 참선 시간 내용	15 참선 시간 내용	16 참선 시간 내용
	21 참선 시간 내용	22 참선 시간 내용	23 참선 시간 내용
	28 참선 시간 내용	29 참선 시간 내용	30 참선 시간 내용

수 좌선	목 입선 / 와선	금 좌선	토 입선 / 와선
3 참선 시간 내용	4 참선 시간 내용	5 참선 시간 내용	6 참선 시간 내용
10 참선 시간 내용	11 참선 시간 내용	12 참선 시간 내용	13 참선 시간 내용
17 참선 시간 내용	18 참선 시간 내용	19 참선 시간 내용	20 참선 시간 내용
24 참선 시간 내용	25 참선 시간 내용	26 참선 시간 내용	27 참선 시간 내용

3

참선으로
새로운 삶
시작하기

'작심삼일' 뛰어넘기

아침 참선을 중간에 포기하지 말자

아침 좌선을 할 때는 당장 뛰어나가 오늘을 즐기고 싶은 충동을 자제해야 한다. 하다 말거나 시간을 줄이는 등 참선 시간을 임의로 조정해서는 안 된다. 참선을 계속하면서 내면에 대의심의 기운이 쌓이는 것을 느껴보자. 몸 전체가 반짝이며 빛을 발할 때까지 몸과 마음을 대의심의 빛으로 채워보자.

온 마음으로 아침 참선을 받아들이고 이 시간에 애정을 가져보자. 이렇게 가만히 앉아서 호흡하고 참선할 수 있는 이 소중한 기회에 감사하는 마음으로 가슴을 채워보자. 마음을 활짝 열고, 마음속 깊은 곳을 향해 "이뭣고?"라는 원초적인 질문을 던져보자. 존재하는 모든 것을 향해 물어보자. "이것이 무엇인가?" "나는 무엇인가?"

이제 우리 마음속 깊은 곳에서부터 대의심이 빛을 뿜어낸다. 우리의 피부 밖으로도 뻗어나가는 것 같다. 여러 가지 생각과 이미지들이 계속 떠오르더라도 구름 뒤의 태양처럼 대의심의 빛이 모두 태워버린다. "이뭣고?"가 마음에 새겨져 깨어 있는 우리의 의식 속을 맴돌고, 혀끝에 머물러 있다. 이제 우리는 집중한 상태다. 몸과 마음이 참선 모드다. 이제 몸과 마음을 종일 이 상태로 유지하기만 하면 된다.

처음에는 매일 아침 최소 15~20분 정도 앉아서 참선을 하도록 노력하자. 그러다 최소 30분간 참선할 수 있을 때까지 며칠에서 몇 주에 걸쳐 참선 시간을 조금씩 늘려가보자. 정말로 진지하게 참선을 하고 싶다면 한 시간 동안 온전히 참선을 할 수 있을 때까지 계속 연습해 시간을 늘려가야 한다. 만약에 한 시간 이상 참선하길 원한다면 한 시간 동안 참선을 한 후 잠시 걸으며 휴식을 취한 뒤 다시 앉아서 두 번째 참선을 시작하면 된다.

초보자들이 아침 참선을 할 때 극복해야 할 두 가지 어려운 점을 이야기하려고 한다.

첫 번째 어려운 점은 아침에 눈뜨자마자 정신이 너무 혼미한 나머지 누운 채로 몇 분간 참선해야 한다는 사실 자체를 생각해내지 못한다는 것이다. 참선을 했어야 한다는 것을 깨닫기도 전에 이미 욕실에서 양치질을 하고 있을 수도 있다. 그래도 괜찮다. 아침에 눈을 뜨자마자 누운 채로 참선을 하는 것이 습관이 되려면 어느 정도 시행착오를 겪어야 할 것이다.

두 번째 어려움은 누워서 참선을 하다 다시 잠들 수 있다는 점이다. 만약 아침에 일어나기가 힘들다면 눈을 떴을 때 딱 1~2분만 누워서 참선을 하고 바로 일어나 방 안을 조금 걸은 다음 바닥에 깔

아둔 담요나 요가 매트에 다시 누워 몇 분 더 참선을 하는 방법이 있다. 참선으로 하루를 시작하는 법을 배우고 싶으면 여러 가지 방식을 시도해보자.

마지막으로 아침 참선을 하기 전에는 아무것도 먹지 말아야 한다는 사실을 기억하자. 배가 부른 상태로 참선을 하는 것이 좋지 않은 이유는 복식 호흡이 소화를 방해할 수 있기 때문이다. 게다가 음식을 먹으면 그 맛에서 연상되는 여러 가지 생각과 감정들이 참선하려는 의지를 흔들어놓을 수 있다. 뭔가를 먹다 보면 인터넷 서핑을 하거나 읽을거리를 집어 들거나 다른 사람과 이야기를 나누게 되기 쉽다. 그러면 거기에 빠져 아침 참선 계획을 완전히 잊어버리거나 제쳐두게 된다.

'작심삼일作心三日'이라는 말이 있다. 생활 방식을 바꾸려고 아무리 단단히 결심을 해도 3일만 지나면 의욕을 상실하게 된다.

우리가 타성에 젖는 것을 해결하기 위해 전통 종교는 공동체 생활을 하면서 매일 일상적으로 하는 행동들을 전부 의식화儀式化한다. 하루 동안 행하는 거의 모든 일을 심오한 상징적 의미가 담긴 종교 의식으로 여기며 아주 엄격하게 실천하도록 하는 것이다. 많은 현대인들은 종교 집단에서 이와 같이 의식을 강조하는 것을 좋아하지 않는다. 의식을 강조하는 방식은 자칫 사람들을 통제하는 권위적인 수단으로 변질될 수도 있기 때문이다. 하지만 어떻게 생각하든 그런 방식이 생활 습관을 좋은 방향으로 바꾸는 하나의 전략으로서 효과가 있는 것 또한 분명하다.

우리의 목적을 위해 의식화의 현대적 개념이 '체계화'라는 것만 기억하자. 아침 참선을 체계화하고 엄격하게 실천함으로써 모든 훌륭한 시스템이 의도하는 바와 같이 아침 참선도 '자동화'될 수 있도록 하자.

참선 수행에 관한 자기 평가

각자의 참선 수행이 어느 단계에 이르렀는지를 파악하는 데 도움이 되도록 간단한 체크리스트를 만들어보았다. 이 체크리스트는 점수를 매기는 평가 방법이 아니다. 참선을 일상에 접목할 수 있도록 도와주는 몇 가지 요소를 나열한 목록일 뿐이다.

- ☐ 다양한 자세로 참선하는 법을 배웠다.
- ☐ 집에 참선하는 공간을 따로 마련했다.
- ☐ 하루 일과 가운데 규칙적으로 앉아서 참선하는 시간을 정했다.
- ☐ 몸을 움직이거나 간단한 신체 활동을 하면서 참선을 할 수 있다.
- ☐ 참선 자세와 호흡, "이뭣고?" 화두가 몸과 마음에 유기적으로 각인되어 그중 하나만 해도 나머지 두 가지가 저절로 따라온다.
- ☐ 마음이 속상할 때 참선을 하여 마음을 다스린다.
- ☐ 참선을 하면 몸과 마음이 편안해진다.

체크리스트에 전부 체크할 수 없어도 걱정할 것 없다. 요즘 같은 시대에 그렇게 할 수 있는 사람은 많지 않을 것이다. 다만 이 체크리스트에 아주 유용한 요소들이 포함되어 있으며, 각각은 점점 더 복잡해지고 더 많은 노력을 필요로 한다는 것만 기억하자.

각 항목에 체크할 수 있으면 직장에서도 순간의 알아차림으로 더 깊은 차원의 회복과 치유, 휴식을 경험할 수 있다. 체크할 수 있는 항목이 많아질수록 직장은 물론 다른 복잡한 사회 환경에도 참선을 더 효과적으로, 힘들이지 않고 접목할 수 있게 된다. 이 체크리스트가 왜 중요한지 살펴보자.

서서 참선할 수 있다는 것은 많은 사람들 앞에서 발표나 강연을 해야 할 때 바로 직전까지 참선을 하면서 에너지를 끌어모을 수 있다는 뜻이다. 몸을 움직이거나 간단한 신체 활동을 하면서 참선을 할 수 있다면 중요한 회의에 참석하러 가는 길에 참선을 하며 마음의 중심을 잡을 수 있다는 뜻이다. 또한 설거지를 하고, 빨래를 개고, 청소를 하면서도 참선을 하며 휴식을 취할 수 있다는 뜻이다.

참선 자세와 호흡, "이뭣고?" 화두에 집중하는 것이 유기적으로 연결된다면 다른 사람과 민감한 대화를 나누는 동안에도 상대방이 말할 때 참선에 들어가 화를 줄일 수 있다는 뜻이다.

참선으로 속상한 마음을 다스릴 줄 알게 되면 자동으로 생기는 파괴적인 감정을 통제하게 됨으로써 자신에게 소중한 인간관계를 보호할 수 있다.

참선을 할 때 몸과 마음이 깊은 휴식에 들어간다면 아주 짧게 1분 정도만 참선을 해도 눈에 띄게 재충전이 되어 기분과 태도가 달라질 수 있다. 이는 마치 방전된 휴대전화를 5분이라도 충전하는 것과 같다. 그 짧은 참선으로 몸과 마음이 완전히 재충전될 수는 없겠지만 최상의 컨디션을 좀 더 오래 유지할 수 있다.

아직 체크할 수 있는 항목이 하나도 없어도 괜찮다. 이 모든 것을 습득해야만 일상에 참선을 적용할 수 있는 건 아니다. 어디서든 참선을 할 수 있으려면 참선의 달인이 되어야 한다고 생각하기보다는 어디서나 참선에 대해 더 많이 배울 수 있다고 생각하는 편이 훨씬 도움이 된다.

이제 남은 일은 이렇게 만든 참선 계획표를 일상에 적용하는 것이다. 하루 중 어느 때에 몇 분 정도는 확실히 참선을 할 수 있다는 걸 알면 그 시간에 알람이 울리도록 휴대전화에 설정을 해놓는 것도 방법이다. 처음부터 너무 욕심 부릴 필요 없다. 예를 들어 오전에 한 번, 오후에 한 번, 이렇게 두 번 짧게 참선하는 시간을 일정에 끼워 넣어도 된다. 그렇게 해보고 느낌이 어떤지 살펴보자. 이렇게 짧은 참선 시간을 얼마나 많이 끼워 넣어야 하는지에 대해서는 객관적인 기준이 없다. 각자에게 맞는 최적의 일정을 찾을 때까지 참선 횟수를 다양하게 시도해보자. 종일 머리가 맑고 기운이 넘치며 능률적이라는 느낌이 드는 일정을 찾아내면 된다.

이렇게 하면 참선을 이용해 매일의 업무 성과를 최적화하는 자기만의 체계가 만들어진다. 더 이상 '정신 수행'과 '현실의 삶'이 서로 조화를 이룰 수 없는 것이라고 느끼지 않는다.

변화하는
나를
살펴보기

매일 조금씩 참선 수행을 하면서 각자의 경험을 의식적으로 되새겨보자. 특히 참선이 우리 몸과 마음 상태에 일으키기 시작한 변화들에 대해 생각해보자. 다음의 질문에 답해보자.

'참선으로 인해 나에게 일어난 변화가 마음에 드는가?'
'참선으로 인한 변화를 긍정적으로 생각하는가?'

이 질문들에 답할 때 무의식적으로 다른 사람들로부터 인정받거나 확인받으려 하지 않는 것이 중요하다. 다른 사람들보다 돋보이고 싶어서 전자 기타나 프랑스어를 배우고, 명상 수행 같은 '흥미로운' 일에 새롭게 도전하는 사람들도 있다. 다른 사람들에게 더 멋있게 보이려고 노력하는 것을 부끄러워할 이유는 전혀 없다. 하지만 참선을 일상적인 습관으로 만들려면 더 깊은 차원의 동기가 필요하다. 절친한 친구 몇 명의 응원이면 충분하다. 모든 사람에게 잘 보이려고 노력하지 않아도 된다.

반면에 그동안 쌓아온 자신의 이미지와 어울리지 않는 뭔가를 새로 시작하는 것이 쑥스러운 사람도 있을 것이다. 참선을 한다는 사실이 알려져 놀림을 받거나 더 심한 경우 웃음거리가 되지는 않을까 걱정한다. 그러나 주변의 반감을 살지 모른다는 생각이 들면 주변 사람들과의 관계를 재평가하는 계기로 삼아야지 참선 자체를 포기해서는 안 된다. 주변 사람들이 못마땅해한다고 해서 자신에게 유익한 일을 포기해서는 안 된다.

결국 이것은 스스로 어떻게 느끼느냐의 문제다. 참선을 해서 생기는 변화가 좋으면 어떻게든 계속하면 된다. 그러한 변화가 별로 마음에 들지 않으면 그만해도 괜찮다. 하지만 자기와 약속을 한 이상 포기할 때 포기하더라도 일단 한 달 정도는 연습을 해보고 결정하는 편이 좋을 것이다.

다른 사람들의 반응이 아니라 자신의 필요를 선택의 기준으로 삼으면 참선을 하려는 진정한 욕구가 생긴다.

여기서 말하는 '욕구'란 탐욕이나 갈망과는 다르다. 우리가 참선을 원하는 이유는 감각적 쾌락을 추구하는 것과는 차이가 있다. 감각적 쾌락을 추구하는 이유는 정서적 괴로움이나 지루함을 달래기 위해서지만, 참선을 원하는 이유는 참선이 나를 위해 건강하고 긍정적인 변화를 일으킨다고 여기기 때문이다. 참선을 하면 애초에 내가 의도했던 나의 모습이 되는 것 같고 그것이 자연스럽게 느껴진다. 참선을 하면 마음이 차분해지고, 두려움과 불안도 가라앉는다. 그와 동시에 정신이 번쩍 들고 머리가 맑아지며, 삶의 모든 가능성에 눈뜨게 된다. 나의 모든 잠재력이 보이기 시작한다. 이렇게 좋은 삶의 방식을 더욱더 원하게 된다.

이런 바람, 이런 정신적 욕구는 참선 훈련 스케줄의 처음 두 가지 목적을 달성하는 데 필요한 동기를 제공한다. 즉 참선에 능숙해질 때까지 포기하지 않고 계속할 수 있는 끈기가 생긴다. 또한 참선을 새로운 습관으로 만드는 데 필요한 목적의식을 갖게 된다.

그러므로 한 달 동안 훈련의 형태로 뭔가를 해야 한다는 것에 거부감을 느끼지 않기를 바란다. 이것은 건강을 유지하는 또 하나의 방법일 뿐이다. 그 과정도 똑같다. 처음에는 훈련이 낯설게 느껴지고 좌절할 수도 있다. 어딘가 어색하고 바보가 된 것처럼 느껴지기도 한다. 하지만 며칠이 지나 차츰 익숙해지기 시작하면 참선을 할 때마다 하기 전과 후가 어떻게 다른지 느껴진다. 그러면 좀 더 의욕이 생기고, 화가 나거나 진이 빠질 때 참선을 활용하기 시작한다. 참선의 효과가 기대한 만큼 크지 않다고 느낄 수도 있지만 그래도 좋아지는 점이 분명 있다. 참선이 실생활에 정말로 도움이 된다는 것을 알 수 있다.

2주 정도 지나면 참선이 익숙하게 느껴진다. 정신적으로나 신체적으로 변화가 느껴질 수밖에 없다. 참선을 계속하면 스스로가 달라지리라는 것을 알 수 있다. 그렇게 한 달이 지나면 완전히 달라진 자신과 완전히 새로운 삶이 눈앞에 펼쳐져 있다는 것을 알게 된다. 다시 태어나기만을 기다리면서 말이다.

그러니 참선 스케줄에 맞춰 한 달만 실천해보자. 딱 그 정도만 참선을 익혀보자. 후회하지 않을 것이다. 금세 깨닫게 될 것이다. 지금껏 자신이 가진 모든 가능성 중에 극히 일부분만 사용해왔다는 것을 가슴으로 느끼게 될 것이다. 전에는 꿈도 꾸지 못했던 차원의 통찰력을 경험하고 몸과 마음을 스스로 조절할 수 있다는 것을 알게 될 것이다.

우리가 할 수 있는 일들이 저 멀리 수평선까지 끝없이 펼쳐지는 기분이 들 것이다. 처음으로 자기 자신을 있는 그대로 보게 될 것이다. 그동안 발견하지 못했던 신대륙을 보듯, 아무도 가본 적 없는 새로운 세계이자 우주인 자신의 진정한 모습을 탐구하고 싶은 열망과 설렘으로 짜릿함을 느낄 것이다.

이런 흥분과 기쁨을 맛보면 참선 실력을 꾸준히 갈고닦아 등을 곧게 펴고 속으로 "이뭣고?"를 읊조리기만 해도 대의심 상태로 들어가는 수준에 이르고 싶다는 욕구와 힘이 생길 것이다. 정말로 그럴 수 있다면 할 일이 끊임없이 이어지는 일상에 참선을 완전히 접목할 준비가 된 것이다.

이제 잠시 쉬면서 잠깐 동안 참선을 해보자. 지금 있는 그 자리에서 5분만 해보자.

먼저 올바른 자세를 취한다.

그런 다음 세 번 정도 준비 호흡을 하고, 복식 호흡에 들어간다.

마지막에 스스로에게 "이뭣고?"라고 묻는다.

축하한다! 느낌이 어떤가?

이 느낌을 기억하며 참선으로 새로운 삶을 만들어 가자.

참선 매뉴얼

초판 1쇄 발행 2020년 5월 4일
초판 2쇄 발행 2020년 5월 26일

지은이 테오도르 준 박
그린이 키미앤일이
옮긴이 구미화
펴낸이 이선희

기획편집 이선희
편집 이승희 박민주
모니터링 구해진 박소연
디자인 송윤형
마케팅 정민호 김도윤 고희수
홍보 김희숙 김상만 이가을 지문희 우상희 김현지
제작 강신은 김동욱 임현식
제작처 영신사

펴낸곳 ㈜나무의마음
출판등록 2016년 8월 25일 제406-2016-000107호
주소 10881 경기도 파주시 회동길 210
문의전화 031-955-2696(마케팅) 031-955-2643(편집) 031-955-8855(팩스)
전자우편 sunny@munhak.com

ISBN 979-11-90457-05-7 03810

• 나무의마음은 ㈜문학동네의 계열사입니다.
• 이 도서의 국립중앙도서관 출판예정도서목록(CIP)은 서지정보유통지원시스템
  홈페이지(http://seoji.nl.go.kr)와 국가자료종합목록 구축시스템(http://kolis-net.nl.go.kr)에서
  이용하실 수 있습니다.(CIP제어번호: CIP2020015716)
• 잘못된 책은 구입하신 서점에서 교환해드립니다.
  기타 교환 문의: 031-955-2661·3580

www.munhak.com